中華教

學生描寫詞彙怎用手冊

第2版

人物篇

外貌・表情

情緒・感受

品德・性格

言語・行為

景物篇

自然・氣象

季節・時間

事物篇

顏色‧性質

程度‧狀態

使用說明

😊 美麗

詞語	解釋及例句
標致 biāo zhì	容貌、體形漂亮好看。 〔例〕她穿上這身衣服，顯得愈發標致了。
沉魚落雁 chén yú luò yàn	形容女子容貌美麗。 〔例〕世間哪個愛美的女子不嚮往擁有閉月羞花之貌，沉魚落雁之容呢？
婀娜 ē nuó	姿態柔軟、美麗的樣子。多形容女子體態。 〔例〕舞姿婀娜。
國色天香 guó sè tiān xiāng	原形容牡丹花色香俱佳，後也形容女子的美貌。 〔例〕參加選美比賽的小姐，個個堪稱國色天香，令人眼花繚亂。
花枝招展 huā zhī zhāo zhǎn	形容女子打扮得漂亮豔麗。招展：迎風擺動。 〔例〕每次她前去赴約時，總是打扮得花枝招展。
俊美 jùn měi	清秀美麗。多形容人，也可以形容大自然的山川河流等。 〔例〕山川俊美 ｜ 這位演員的扮相很俊美。
眉清目秀 méi qīng mù xiù	形容人容貌美麗。 〔例〕那孩子長得眉清目秀，很討人喜歡。
苗條 miáo tiao	纖細而柔美。多形容女子身材。 〔例〕模特兒們個個都身材苗條。

詞條總類

近義詞詞條

標準
普通話拼音

詞語	解釋及例句
明眸皓齒 míng móu hào chǐ	形容美貌。明眸：明亮的眼睛。皓齒：潔白的牙齒。 [例] 那女孩明眸皓齒，雖然只見過一面，卻給他留下了很深的印象。
漂亮 piào liang	好看；美觀。可形容人或事物。 [例] 這幢別墅外觀十分漂亮。| 北京奧運會上舉牌的禮儀小姐都很漂亮。
俏麗 qiào lì	俊俏美麗。 [例] 四個女孩每個人都梳着長長的麻花辮，看起來青春俏麗。
傾城傾國 qīng chéng qīng guó	形容女子容貌非凡，城中和國中的人都為之傾倒。 [例] 儘管她擁有傾城傾國的容顏，卻還是抵擋不過歲月的侵蝕。
清秀 qīng xiù	美麗而不俗氣。 [例] 姑娘長得十分清秀。| 小伙子眉宇間透着清秀。
亭亭玉立 tíng tíng yù lì	形容女子體態修長俊美。亭亭：聳起的樣子。玉立：比喻身體修長而美麗。 [例] 幾年不見，她已出落成一個亭亭玉立的大姑娘了。
秀麗 xiù lì	清秀美麗。可形容人、風光或字體等。 [例] 身材秀麗 | 風光秀麗 | 字體秀麗。
窈窕 yǎo tiǎo	形容女子文靜而美麗。 [例] 窈窕淑女 | 身段窈窕。

實用示範例句

簡明詞語解釋

個別字詞解釋

人物篇

外貌・表情

美麗

詞語	解釋及例句
標致 biāo zhì	容貌、體形漂亮好看。 〔例〕她穿上這身衣服，顯得愈發標致了。
沉魚落雁 chén yú luò yàn	形容女子容貌美麗。 〔例〕世間哪個愛美的女子不嚮往擁有閉月羞花之貌，沉魚落雁之容呢？
婀娜 ē nuó	姿態柔軟、美麗的樣子。多形容女子體態。 〔例〕舞姿婀娜。
國色天香 guó sè tiān xiāng	原形容牡丹花色香俱佳，後也形容女子的美貌。 〔例〕參加選美比賽的小姐，個個堪稱國色天香，令人眼花繚亂。
花枝招展 huā zhī zhāo zhǎn	形容女子打扮得漂亮豔麗。招展：迎風擺動。 〔例〕每次她前去赴約時，總是打扮得花枝招展。
俊美 jùn měi	清秀美麗。多形容人，也可以形容大自然的山川河流等。 〔例〕山川俊美｜這位演員的扮相很俊美。
眉清目秀 méi qīng mù xiù	形容人容貌美麗。 〔例〕那孩子長得眉清目秀，很討人喜歡。
苗條 miáo tiao	纖細而柔美。多形容女子身材。 〔例〕模特兒們個個都身材苗條。

詞語	解釋及例句
明眸皓齒 míng móu hào chǐ	形容美貌。明眸：明亮的眼睛。皓齒：潔白的牙齒。 〔例〕那女孩明眸皓齒，雖然只見過一面，卻給他留下了很深的印象。
漂亮 piào liang	好看；美觀。可形容人或事物。 〔例〕這幢別墅外觀十分漂亮。｜北京奧運會上舉牌的禮儀小姐都很漂亮。
俏麗 qiào lì	俊俏美麗。 〔例〕四個女孩每個人都梳着長長的麻花辮，看起來青春俏麗。
傾城傾國 qīng chéng qīng guó	形容女子容貌非凡，城中和國中的人都為之傾倒。 〔例〕儘管她擁有傾城傾國的容顏，卻還是抵擋不過歲月的侵蝕。
清秀 qīng xiù	美麗而不俗氣。 〔例〕姑娘長得十分清秀。｜小伙子眉宇間透着清秀。
亭亭玉立 tíng tíng yù lì	形容女子體態修長俊美。亭亭：聳起的樣子。玉立：比喻身體修長而美麗。 〔例〕幾年不見，她已出落成一個亭亭玉立的大姑娘了。
秀麗 xiù lì	清秀美麗。可形容人、風光或字體等。 〔例〕身材秀麗｜風光秀麗｜字體秀麗。
窈窕 yǎo tiǎo	形容女子文靜而美麗。 〔例〕窈窕淑女｜身段窈窕。

詞語	解釋及例句
英俊 yīng jùn	形容青年男子容貌俊秀。 【例】在舞台上，他還是個英俊小生呢。

醜陋

詞語	解釋及例句
醜陋不堪 chǒu lòu bù kān	相貌或樣子難看到不能忍受的程度。程度比「醜陋」深。 【例】雖然他長得醜陋不堪，心地卻比誰都善良。
面目可憎 miàn mù kě zēng	面目醜陋，令人厭惡。含貶義。 【例】自從我聽聞他的所作所為後，每次見到他都覺得他面目可憎。
難看 nán kàn	醜陋；不好看。 【例】這個人真難看。
其醜無比 qí chǒu wú bǐ	沒有比他更醜的。 【例】儘管在別人看來她的長相其醜無比，在丈夫眼中她卻別有魅力。
賊眉鼠眼 zéi méi shǔ yǎn	形容鬼鬼祟祟的樣子。含醜陋義及貶義。 【例】他那賊眉鼠眼的樣子，一下子就引起了保安員的注意。
獐頭鼠目 zhāng tóu shǔ mù	相貌醜陋猥瑣。多用來形容心術不正的人。含貶義。 【例】那傢伙獐頭鼠目，給人印象壞透了！

年輕

詞語	解釋及例句
妙齡 miào líng	指女子的青春時期。 【例】妙齡少女。
青春 qīng chūn	青年時期。 【例】青春是人生的黃金時代，應該好好珍惜。
幼小 yòu xiǎo	未成年。 【例】年紀幼小｜幼小的心靈。
幼稚 yòu zhì	年紀很小。也指缺乏經驗，不成熟。 【例】幼稚的兒童｜他的想法雖然幼稚，但敢想就好啊！

年老

詞語	解釋及例句
白髮蒼蒼 bái fà cāng cāng	頭髮全白了，形容年紀大。 【例】老奶奶白髮蒼蒼，可是一天都閒不住，到處做義工幫助別人。
鬢髮如霜 bìn fà rú shuāng	鬢角的頭髮像白霜一樣，形容年紀大。 【例】十年不見，他已是鬢髮如霜，完全是個老年人了。
蒼老 cāng lǎo	面貌、聲音顯出老態。 【例】這幾年的勞累辛苦，使父親蒼老了很多。

詞語	解釋及例句
高齡 gāo líng	稱老年人的年紀大。敬辭。 〔例〕張老師已是八十高齡，還堅持著書立說，真讓人敬佩。
花甲 huā jiǎ	指人六十歲。 〔例〕父親已年過花甲，也該在家享享清福了。
老邁 lǎo mài	年歲大，身體衰老。 〔例〕他年紀老邁，力不從心，一天只能寫一兩千字了。
老態龍鍾 lǎo tài lóng zhōng	年老衰弱，行動不便的樣子。 〔例〕一位老態龍鍾的老人坐在那裏，手中拄着一個拐杖。
老眼昏花 lǎo yǎn hūn huā	年紀大，眼睛花看不清楚。 〔例〕我老眼昏花，你給我讀讀這封信吧。
兩鬢斑白 liǎng bìn bān bái	鬢角花白，形容將近老年。 〔例〕他剛過四十歲，就兩鬢斑白了。
年邁 nián mài	年紀老。 〔例〕家有年邁的父親，他總是放心不下。
年事已高 nián shì yǐ gāo	年紀已經老了。 〔例〕爺爺年事已高，過去的事已經記不清了。
衰老 shuāi lǎo	年紀老，精力衰弱。 〔例〕畢竟是接近七十歲的人了，幾年不見，他顯得衰老多了。

詞語	解釋及例句
晚年 wǎn nián	人一生中的最後一個時期。 〔例〕他退休後生活自在，可以安享晚年。

😊 肥胖

詞語	解釋及例句
大腹便便 dà fù pián pián	肚子肥大的樣子。 〔例〕看他大腹便便的樣子，倒像個大老闆。
發福 fā fú	發胖。多用於中老年人。婉辭。 〔例〕幾年不見，您發福了。
肥大 féi dà	又肥又大。 〔例〕他拖着肥大的身軀艱難地擠進小巷。
豐滿 fēng mǎn	〔例〕長得雖胖卻勻稱好看。用來形容人的身體。 〔例〕她比上大學的時候豐滿多了。
腦滿腸肥 nǎo mǎn cháng féi	形容人養尊處優，吃得很胖。含貶義。 〔例〕窮人面黃肌瘦，富翁腦滿肥腸。
胖墩墩 pàng dūn dūn	形容人矮胖而健壯。 〔例〕胖墩墩的河馬躺在泥潭裏，舒服地曬着太陽。
胖呼呼 pàng hū hū	形容人肥胖。 〔例〕這個人胖呼呼的，走起路來直喘粗氣。
胖子 pàng zi	肥胖的人。 〔例〕打腫臉充胖子。

瘦削

詞語	解釋及例句
骨瘦如柴 gǔ shòu rú chái	形容瘦得只剩一把骨頭，像乾柴一樣。 〔例〕一場大病令他變得骨瘦如柴。
面黃肌瘦 miàn huáng jī shòu	面色枯黃，人體瘦削。形容人營養不良不健康的樣子。 〔例〕這家人生活太困難了，孩子面黃肌瘦，我們湊一些錢幫幫他們吧。
瘦巴巴 shòu bā bā	瘦削枯乾。 〔例〕聽奶奶説，爺爺年輕時就已經瘦巴巴的了。
瘦弱 shòu ruò	肌肉不豐滿；不壯實。 〔例〕缺吃少穿的生活，使她愈加瘦弱。
瘦憪憪 shòu yān yān	形容人體瘦弱的樣子。常用來形容病態的瘦。 〔例〕他剛出院，身體還瘦憪憪的。
消瘦 xiāo shòu	漸漸變瘦。 〔例〕自從奶奶去世，爺爺變得沉默寡言，人也消瘦多了。

強壯

詞語	解釋及例句
敦實 dūn shi	矮胖而結實。 〔例〕那個人長得敦實，看上去非常健康。

詞語	解釋及例句
健美 jiàn měi	身體健康，體形優美。 〔例〕他擁有一副誰都羨慕的健美身材。
矯健 jiǎo jiàn	形容身體強健有力。 〔例〕他矯健的身影經常出現在球場上。
年輕力壯 nián qīng lì zhuàng	年紀輕，身體強壯。 〔例〕他希望趁年輕力壯幹一番事業。
強健 qiáng jiàn	身體強壯健康。 〔例〕他經常鍛煉身體，所以體魄強健。
容光煥發 róng guāng huàn fā	臉上發出光彩。形容人身體健康，精神振奮。 〔例〕他容光煥發，絲毫看不出是大病初癒。
茁壯 zhuó zhuàng	強壯；健壯。 〔例〕兒童茁壯成長。｜小樹苗生長十分茁壯。

弱小

詞語	解釋及例句
矮小 ǎi xiǎo	不高大。 〔例〕他人雖然矮小，但力氣很大。
嬌小 jiāo xiǎo	柔嫩細小。 〔例〕嬌小的身材｜嬌小的幼苗。

詞語	解釋及例句
瘦小 shòu xiǎo	又瘦又小。 〔例〕別看他長得瘦小，其實力氣可大得很呢！
纖小 xiān xiǎo	纖弱而細小。 〔例〕孩子纖小的手冷得通紅。

☺ 喜笑

詞語	解釋及例句
眉開眼笑 méi kāi yǎn xiào	眉頭舒展，滿眼含笑。形容高興的樣子。 〔例〕一看到客人腰間的錢袋，老闆立刻眉開眼笑。
捧腹大笑 pěng fù dà xiào	大笑時，因牽動肚腸，只好用手捧住腹部。形容大笑的樣子。 〔例〕這個喜劇演得太好了，逗得滿場觀眾都捧腹大笑。
破涕為笑 pò tì wéi xiào	停止了哭，反而笑了。涕：眼淚。 〔例〕媽媽連哄帶勸，小明總算破涕為笑了。
前仰後合 qián yǎng hòu hé	笑得身子俯前仰後的樣子。程度比「眉開眼笑」深。 〔例〕看着小丑滑稽的動作，觀眾們笑得前仰後合。
嘻皮笑臉 xī pí xiào liǎn	形容嘻笑而不嚴肅的樣子。 〔例〕我跟你説正經事，你怎麼嘻皮笑臉呢？

詞語	解釋及例句
喜上眉梢 xǐ shàng méi shāo	喜悦的神態表現在眉端。 〔例〕到國外留學的哥哥在電話裏告訴媽媽，他過兩天要回港，媽媽立刻喜上眉梢，裏裏外外忙起來。
笑呵呵 xiào hē hē	形容高興時微笑的樣子。 〔例〕他心地善良，對人總是笑呵呵的。
笑瞇瞇 xiào mī mī	高興時微笑的樣子。 〔例〕老師笑瞇瞇地宣佈了一個好消息。
笑容可掬 xiào róng kě jū	形容滿臉堆笑的樣子。掬：用手捧取。 〔例〕一看爸爸笑容可掬的樣子，我就知道他今天生意一定不錯。
笑嘻嘻 xiào xī xī	輕鬆微笑的樣子。 〔例〕老師教訓他，他總是笑嘻嘻的，滿不在乎。
笑吟吟 xiào yín yín	形容微笑的樣子。 〔例〕張老師對人總是那麼和氣，即便批評人，也是笑吟吟的。
笑逐顏開 xiào zhú yán kāi	形容非常高興、滿臉笑容的樣子。 〔例〕聽説我們班參加比賽的同學獲了冠軍，全班同學都笑逐顏開。
嫣然一笑 yān rán yī xiào	很好看的笑。只用於女子。嫣然：笑得很美很甜的樣子。 〔例〕那女孩子嫣然一笑，露出一口潔白整齊的牙齒。

詞語	解釋及例句
仰天大笑 yǎng tiān dà xiào	抬起頭來大笑。 【例】張老師聽了仰天大笑，連連擺手說： 「無稽之談！無稽之談！」

 # 流淚

詞語	解釋及例句
抽泣 chōu qì	一吸一頓地小聲哭。 【例】她遭到誤解，委屈極了，忍不住抽泣 起來。
放聲大哭 fàng shēng dà kū	大聲哭。相當於「失聲痛哭」。 【例】噩耗傳來，他忍不住放聲大哭。
嚎啕大哭 háo táo dà kū	大聲哭。 【例】別看她現在嚎啕大哭，老人生前她一 點兒也不盡孝心。
哭泣 kū qì	輕聲哭。 【例】想到家裏的遭遇，她只得暗自哭泣。
老淚縱橫 lǎo lèi zòng héng	形容老年人流淚。 【例】聽到孫子在車禍中不幸遇難的噩耗， 張老伯忍不住老淚縱橫。
淚流滿面 lèi liú mǎn miàn	形容哭得很厲害。 【例】追悼會上，他讀完悼詞已是淚流滿面 了。

詞語	解釋及例句
淚如泉湧 lèi rú quán yǒng	形容眼淚很多，像泉水一樣湧出。 ［例］這對新人幾經波折，終於共結連理，朋友都感動得淚如泉湧。
淚如雨下 lèi rú yǔ xià	形容眼淚非常多，像下雨一樣。 ［例］提及傷心往事，他忍不住淚如雨下。
落淚 luò lèi	代指哭。 ［例］看過這部電視劇的人，無不為劇中男女主角的愛情悲劇而落淚。
泣不成聲 qì bù chéng shēng	哭得説不出話來。形容十分悲傷。 ［例］看到父親被病魔折磨得骨瘦如柴，她泣不成聲。
熱淚盈眶 rè lèi yíng kuàng	眼淚充滿了眼眶。多表示因激動而哭。 ［例］聽到自己得獎的消息，她激動得熱淚盈眶。
聲淚俱下 shēng lèi jù xià	邊訴説，邊哭泣。形容極其悲慟。 ［例］南京大屠殺的倖存者，聲淚俱下地控訴了當年日軍的獸行。
失聲痛哭 shī shēng tòng kū	不自主地放聲大哭。 ［例］在母親的追思會上，他忍不住失聲痛哭。
啼 tí	大聲地哭。也指鳥獸的叫聲。 ［例］唐詩有「月落烏啼霜滿天」句。
嗚咽 wū yè	低聲哭泣。 ［例］夜裏，隔壁傳來低低的嗚咽聲。

專注

詞語	解釋及例句
出神 chū shén	形容精神集中時有些發呆的樣子。 〔例〕這故事太吸引了，全班同學都聽得出神了。
聚精會神 jù jīng huì shén	形容精神集中。 〔例〕大家聚精會神地聽老師講課。
目不轉睛 mù bù zhuǎn jīng	形容注意力集中。 〔例〕他目不轉睛地盯着月亮，生怕錯過月全食的每一個細節。
全神貫注 quán shén guàn zhù	全部精神集中到一件事上。形容注意力高度集中。 〔例〕他正在全神貫注地上網聊天，不知道爸爸就站在身後。
全心全意 quán xīn quán yì	指一心一意，不夾雜其他念頭。 〔例〕我們的宗旨是全心全意為顧客服務。
入神 rù shén	因對某事發生濃厚興趣而注意力高度集中。 〔例〕小強走路也看書，有一次看得入神，竟撞在了燈柱上。
一心一意 yī xīn yī yì	心思、意念專一，不想別的。 〔例〕他一心一意地學習，絲毫不理會他人的閒言碎語。
專心致志 zhuān xīn zhì zhì	一心一意地做某事。 〔例〕上課專心致志聽講，課後複習起來也就容易多了。

兇惡

詞語	解釋及例句
惡狠狠 è hěn hěn	形容非常兇狠。貶義。 〔例〕那個人惡狠狠地對他吼叫，嚇得他連話也說不出來。
兇神惡煞 xiōng shén è shà	非常兇惡的樣子。 〔例〕他雖然長得兇神惡煞，其實人非常善良。
兇相畢露 xiōng xiàng bì lù	兇惡的面目完全顯露出來。貶義。 〔例〕看到他兇相畢露，全無平日彬彬有禮的模樣，她嚇呆了！

人物篇

情緒‧感受

☺ 喜歡

詞語	解釋及例句
愛不釋手 ài bù shì shǒu	因喜愛某物而捨不得放下。 〔例〕這本書使他愛不釋手，一天一宿就看完了。
愛好 ài hào	對某種事物有濃厚興趣。 〔例〕小明愛好畫畫，經常到公園寫生。
愛護 ài hù	愛惜並保護。 〔例〕我們應該愛護大自然的一草一木。
愛惜 ài xī	疼愛；愛護。也指因喜愛而不糟蹋。 〔例〕賈寶玉深得賈母的愛惜。
呵護 hē hù	對人或動物精心保護、愛惜。 〔例〕在她精心的呵護下，小花貓漸漸地長大了。
厚愛 hòu ài	深深的愛。多用於客套。 〔例〕這樣的評價是大家的厚愛，我做得沒有那麼好。
酷愛 kù ài	特別愛好。 〔例〕他酷愛文學，經常背誦詩詞。
溺愛 nì ài	過分寵愛。專指長對幼無原則的嬌慣、姑息縱容。貶義。 〔例〕愛讓人成長；溺愛卻會防礙成長。

詞語	解釋及例句
偏愛 piān ài	特別喜愛其中一人或一事。 【例】父母偏愛小兒子。｜他偏愛文科而忽視理科。
熱愛 rè ài	熱烈地喜愛。多用於較大的事物。 【例】張老師十分熱愛教育工作，為學生們付出了不少時間與心力。
熱衷 rè zhōng	對某種事物十分有興趣。也作「熱中」。 【例】那傢伙心裏甚麼都不在乎，只熱衷於升官發財。
深愛 shēn ài	深深地愛。 【例】哥哥雖然殘疾了，但嫂嫂仍然深愛着他。
疼愛 téng ài	關心喜愛。多用於長對幼。 【例】奶奶最疼愛小孫子。
喜愛 xǐ ài	喜歡。 【例】小明最喜愛和爸爸一起去釣魚。
心愛 xīn ài	從心喜愛。 【例】他有一台心愛的筆記本電腦。
珍愛 zhēn ài	珍視愛護。 【例】家裏所有的東西中，爸爸最珍愛的就是那輛汽車。
鍾愛 zhōng ài	鍾情專一地喜歡。 【例】他始終不肯放棄自己鍾愛的事業。

😊 愉快

詞語	解釋及例句
暢快 chàng kuài	心情舒暢快樂。 〔例〕座談會上，大家交談得十分暢快。
春風滿面 chūn fēng mǎn miàn	形容滿臉高興的樣子。也說「滿面春風」。 〔例〕小李快結婚了，難怪他最近每天都春風滿面。
大快人心 dà kuài rén xīn	令人心裏非常痛快。一般指壞人受到懲罰或打擊。 〔例〕那個橫行區內的壞人被警察捉走了，真是大快人心。
大喜過望 dà xǐ guò wàng	超過自己原來的希望而感到非常高興。 〔例〕兒子考上香港大學，爸爸大喜過望，嘴都合不攏了。
高興 gāo xìng	心情愉快。 〔例〕聽到了這個好消息，大伙高興極了。
歡天喜地 huān tiān xǐ dì	非常歡喜的樣子。 〔例〕學生們歡天喜地跟老師去露營。
歡欣 huān xīn	快樂而興奮。 〔例〕在運動會上得了啦啦隊冠軍，大家歡欣鼓舞。
皆大歡喜 jiē dà huān xǐ	大家都很滿意、很高興。 〔例〕兩家公司聯手之後，互為補充，皆大歡喜。

詞語	解釋及例句
開懷 kāi huái	胸懷敞開，無所拘束，十分暢快。 〖例〗在哥哥的婚宴上，親友們都開懷暢飲，場面非常熱鬧。
快活 kuài huo	快樂。 〖例〗小燕子在晴朗的天空中快活地飛來飛去。
樂不可支 lè bù kě zhī	快樂得難以自持。形容快樂到極點。 〖例〗兒子拿了朗誦比賽的冠軍，爸爸樂不可支，竟開心得唱起歌來。
樂呵呵 lè hē hē	形容高興的樣子。 〖例〗爸爸心情好，樂呵呵地答應了我的請求。
樂滋滋 lè zī zī	形容因為滿意而喜悅的樣子。 〖例〗一看到媽媽樂滋滋的樣子，我就猜到準是發生了甚麼好事。
眉飛色舞 méi fēi sè wǔ	形容高興或得意的神態。 〖例〗他很具表演天分，講起故事來總是眉飛色舞的。
拍手稱快 pāi shǒu chēng kuài	拍着手喊痛快。 〖例〗那個壞蛋終於受到警方的懲處，同學和老師都拍手稱快。
雀躍 què yuè	高興得像雀兒一樣的跳躍。形容非常高興的樣子。 〖例〗一聽到要去海邊遊玩，小朋友無不歡呼雀躍。

詞語	解釋及例句
手舞足蹈 shǒu wǔ zú dǎo	雙手舞動，兩腳跳起。形容高興到了極點。 〔例〕爸爸答應明天帶小明去迪士尼樂園，小明樂得手舞足蹈。
喜沖沖 xǐ chōng chōng	非常高興的樣子。 〔例〕他喜沖沖地進了教室，把喜訊告訴了大家。
喜出望外 xǐ chū wàng wài	因意外的喜事而特別高興。 〔例〕與老朋友意外重逢，令他喜出望外。
喜從天降 xǐ cóng tiān jiàng	高興的事突然從天而降。表示遇到非常意外的喜事。程度比「喜出望外」重。 〔例〕他買六合彩中了頭獎，喜從天降。
喜洋洋 xǐ yáng yáng	形容許多人歡樂的樣子。也說「喜氣洋洋」。 〔例〕今天是大年初一，人人都喜洋洋的。
喜悅 xǐ yuè	愉快；高興。 〔例〕她雖然沒有說甚麼，卻掩蓋不住內心的喜悅。
喜滋滋 xǐ zī zī	很歡喜的樣子。 〔例〕老師喜滋滋地告訴大家，這次奧林匹克數學競賽，我們班派出的小組獲得了第一名。
欣然 xīn rán	愉快的樣子。 〔例〕他欣然接受了這個邀請。

詞語	解釋及例句
欣喜若狂 xīn xǐ ruò kuáng	高興得像發狂一樣。形容極度高興。 〔例〕看到支持的球隊勝出比賽，大家欣喜若狂，徹夜狂歡。
興高采烈 xìng gāo cǎi liè	興致高昂，情緒熱烈。 〔例〕遊客們登上山頂觀看海上日出，各個興高采烈。
興致勃勃 xìng zhì bó bó	興趣大，情緒高。 〔例〕小李興致勃勃地找小張一起去游泳。
沾沾自喜 zhān zhān zì xǐ	形容自己覺得滿意而高興的樣子。含貶義。 〔例〕有了一點點成績就沾沾自喜，這種人不會有太大作為。

☺ 滿意

詞語	解釋及例句
稱心 chèn xīn	符合心願；心滿意足。 〔例〕新買的這條連衣裙叫她非常稱心。
稱心如意 chèn xīn rú yì	非常合心意。程度比「稱心」重。 〔例〕我們家搬進了新居，媽媽這回是稱心如意了。
躊躇滿志 chóu chú mǎn zhì	形容十分滿意。躊躇：從容自得的樣子。志：心願。 〔例〕看他躊躇滿志的樣子，我就知道他這幾年的生活不錯。

詞語	解釋及例句
春風得意 chūn fēng dé yì	形容做事順利，心情歡暢的樣子。春風：比喻良好的客觀環境。 〔例〕他剛買了房子，又升了職，正是春風得意的時候。
合意 hé yì	符合心意；中意。 〔例〕我總是買不到合意的素描簿。
愜意 qiè yì	舒服；滿意；稱心。 〔例〕在這春光明媚的日子去郊遊，真是一件愜意的事。
如願 rú yuàn	符合心願。 〔例〕他找到了一份滿意的工作，如願以償。
順心 shùn xīn	指順乎心意。 〔例〕近幾年，他事事順心，工作幹得更起勁了。
遂心 suì xīn	合自己的心意；滿意。 〔例〕姐姐一連換了好幾個工作，直到最近才找到一家遂心的公司。
心滿意足 xīn mǎn yì zú	非常滿足。程度比「中意」重。 〔例〕期末考試他的英語科能考八十分，媽媽就心滿意足了。
悠然自得 yōu rán zì dé	悠閒從容，心情舒適而得意。 〔例〕看他悠然自得的樣子，就知道他很喜歡這次的旅行。

詞語	解釋及例句
自在 zì zài	安適；舒服。 [例] 他嚮往退休後過上清閒自在的生活。
中意 zhòng yì	合意；滿意。 [例] 在這家小店選一個中意的飾品來裝飾 墻面，還真不容易啊。

😊 鎮定

詞語	解釋及例句
不慌不忙 bù huāng bù máng	不慌張，不匆忙。 [例] 他做事總是不慌不忙。
沉着 chén zhuó	不慌張；鎮定。 [例] 他沉着面對這場圍棋比賽。
處之泰然 chǔ zhī tài rán	形容能以平靜的心態來對待困難或緊急情 況。泰然：心神安定的樣子。 [例] 在醫生已確診他患的是癌症之後，他 仍能處之泰然，這實在令人敬佩。
從容不迫 cóng róng bù pò	不急迫；非常鎮靜。 [例] 無論甚麼情況，他做事總是從容不迫。
冷靜 lěng jìng	沉着而不感情用事。 [例] 情況越是複雜，越是要冷靜面對。
若無其事 ruò wú qí shì	像沒有那回事一樣。形容態度非常鎮靜。 [例] 儘管剛剛失去了親人，在公司他仍裝 作若無其事的樣子。

詞語	解釋及例句
神色自若 shén sè zì ruò	神情不變，像平常一樣。 〔例〕他表面上神色自若，其實內心緊張得要命。
泰然 tài rán	形容心情平靜。 〔例〕動物園裏的大熊貓任憑觀眾如何鼓掌叫好，都泰然自若，毫不理會。
談笑自若 tán xiào zì ruò	在非常情況下，舉止言行像平常一樣有說有笑。形容非常鎮靜，毫不驚慌。 〔例〕他談笑自若地迎接這個重大的挑戰。

☺ 敬佩

詞語	解釋及例句
拜服 bài fú	佩服。敬辭。 〔例〕經過幾次較量，我對他的棋藝很是拜服。
畢恭畢敬 bì gōng bì jìng	形容態度十分恭敬。也作「必恭必敬」。 〔例〕見到老師，他總是畢恭畢敬的。
崇拜 chóng bài	極為尊敬而又欽佩。 〔例〕你會崇拜某些偶像嗎？
崇敬 chóng jìng	崇拜尊敬。 〔例〕英雄的高尚品質為人崇敬。
恭敬 gōng jìng	對人嚴肅敬重。也說「恭恭敬敬」。 〔例〕小明恭敬地聽爺爺講話。

詞語	解釋及例句
景仰 jǐng yǎng	敬重；仰慕。 【例】消防員捨身救人的精神實在令人景仰。
敬愛 jìng ài	尊敬熱愛。用於對領袖、師長等。 【例】她是我最敬愛的老師之一。
敬重 jìng zhòng	恭敬；尊重。 【例】他因為德才兼備，受到大家的敬重。
佩服 pèi fú	敬佩；服氣。 【例】小明唱歌動聽，獲獎無數，大家都很佩服他。
虔敬 qián jìng	態度非常誠懇、恭敬。 【例】僧侶虔敬的神態，令大家也收斂了笑容。
欽佩 qīn pèi	敬重而佩服。程度比「佩服」重。 【例】體育運動員在奧運賽場上的拚搏精神令人欽佩。
傾倒 qīng dǎo	十分佩服或愛慕。 【例】她優美的舞姿，叫在場的人無不為之傾倒。
肅然起敬 sù rán qǐ jìng	產生敬仰的感情。 【例】他無私助人的行為令大家肅然起敬。
歎服 tàn fú	感歎自己不如而佩服。 【例】他雖然學畫不久，但畫出來的畫栩栩如生，令人不得不歎服。

詞語	解釋及例句
五體投地 wǔ tǐ tóu dì	佛教最高禮節，行禮時兩肘、雙膝和頭部都着地。比喻敬佩到了極點。 〔例〕我們老師不但詩寫得好，書法也很有造詣，同學們都佩服得五體投地。
心服口服 xīn fú kǒu fú	不但嘴裏服氣，心裏也服氣。 〔例〕這場比賽他輸得心服口服。
心悅誠服 xīn yuè chéng fú	打心眼兒裏佩服。悅：愉快。 〔例〕這個問題終於得到圓滿解決，雙方都心悅誠服。
仰慕 yǎng mù	敬仰；愛慕。 〔例〕他終於見到了仰慕已久的老博士。
尊敬 zūn jìng	敬重。 〔例〕尊敬師長是中國人的美德之一。
尊重 zūn zhòng	尊敬；敬重。應用範圍比「尊敬」廣，可用於人或事。 〔例〕我們要學習尊重他人的意見。

😮 想念

詞語	解釋及例句
惦記 diàn jì	心裏老想着，放不下。 〔例〕爸爸出差還惦記着哥哥的羽毛球比賽，特地打電話回來詢問結果。
惦念 diàn niàn	惦記。 〔例〕媽媽十分惦念在國外讀書的女兒。

詞語	解釋及例句
顧念 gù niàn	惦念；顧及。 〔例〕看着這些發黃的照片，奶奶又顧念起她那些老鄰居們來了。
懷舊 huái jiù	懷念舊日的人或事。 〔例〕老人都喜歡懷舊，希望回故鄉去走一走，看一看。
懷念 huái niàn	心中想念。 〔例〕童年的美好時光讓我十分懷念。
回味 huí wèi	回憶；體會。 〔例〕我常常想起小學時代，回味起老師的教誨。
流連忘返 liú lián wàng fǎn	留戀不捨，忘記返回。 〔例〕離島的風景太美了，遊客們流連忘返。
念念不忘 niàn niàn bù wàng	老是思念，不能忘記。 〔例〕這幾年最讓爺爺念念不忘的，就是要回老家看看。
牽掛 qiān guà	掛念。 〔例〕媽，我不是小孩了，你不用總是牽掛！
依戀 yī liàn	依靠留戀；捨不得離開。 〔例〕他依戀故鄉的老屋，久久不願離去。
依依不捨 yī yī bù shě	戀戀不捨。 〔例〕畢業時看到老師對我們依依不捨的樣子，我不禁掉下了眼淚。
追憶 zhuī yì	回憶往事。 〔例〕追憶往事。

☺ 忍耐

詞語	解釋及例句
按捺 àn nà	抑制（慾望或情緒）。 〔例〕他按捺不住自己的火氣，張口罵了人。
憋 biē	極力抑制。 〔例〕他憋着一肚子氣，卻無從發泄。
遏抑 è yì	壓制。 〔例〕他遏抑住心頭怒火，勉強應付着。
克制 kè zhì	抑制。程度比「抑制」輕。 〔例〕她努力克制着自己，不讓淚水流出來。
逆來順受 nì lái shùn shòu	對惡劣的環境或無理的待遇採取忍受順從的態度。 〔例〕他對老闆的無理指責從不還嘴爭辯，總是逆來順受。
遷就 qiān jiù	放棄某種原則或自己的意願，去順應別人的觀點或行為。 〔例〕父母對於孩子亂花錢的習慣，決不能一味遷就。
忍氣吞聲 rěn qì tūn shēng	受了氣而勉強忍耐，不敢説出來。 〔例〕為了事情能圓滿解決，他如此忍氣吞聲，實在是沒有辦法的事。
忍讓 rěn ràng	容忍，退讓。 〔例〕既然不是甚麼原則問題，互相忍讓一下就過去了。

詞語	解釋及例句
忍辱負重 rěn rǔ fù zhòng	忍受屈辱，承擔重任。 〔例〕公司經營失敗後，他忍辱負重，多方奔波，希望能捲土重來。
忍受 rěn shòu	忍耐並承受（痛苦、困難或不幸）。程度比「忍耐」重。 〔例〕他一個人默默忍受生活中的種種不幸。
容忍 róng rěn	寬容忍耐。 〔例〕這種行為是絕對不能被容忍的。
退避三舍 tuì bì sān shè	主動退讓九十里。比喻對人讓步或迴避，避免衝突。舍：古時行軍以三十里為一舍。 〔例〕對方正在火頭上，你暫且退避三舍，不失為一種策略。
委曲求全 wěi qū qiú quán	曲意遷就，暫時忍讓，以求保全。 〔例〕劉備在未成大事之前，曾在曹操那裏過了一段委曲求全的日子。
壓抑 yā yì	對情緒或力量加以限制，使不能充分流露或發揮。 〔例〕他再也壓抑不住悲憤的情緒，在大庭廣眾之下失聲痛哭了起來。
抑制 yì zhì	壓下去；控制。 〔例〕他抑制不住內心的反感，終於拂袖而去。
自制 zì zhì	克制自己。 〔例〕戒煙需要有一定的自制能力。

☺ 同情

詞語	解釋及例句
悲天憫人 bēi tiān mǐn rén	哀歎時世的艱辛，憐憫人們的痛苦。 〔例〕德蘭修女救助貧苦，悲天憫人的精神令人敬佩。
慈悲 cí bēi	表示慈善和憐憫。 〔例〕真希望那些人動一點兒慈悲之心，不要再殺害快要滅絕的動物了。
可憐 kě lián	憐憫；值得憐憫。 〔例〕他已經很可憐了，你怎麼能夠這樣對他？
憐愛 lián ài	憐憫而疼愛。 〔例〕他孤苦伶仃，鄰居們都很憐愛他。
憐憫 lián mǐn	對不幸的人表示同情和可憐。 〔例〕他純粹是自作自受，不值得憐憫。
憐惜 lián xī	同情愛惜。 〔例〕小女孩一副楚楚可憐的模樣，惹人憐惜。
體恤 tǐ xù	設身處地地體諒和同情別人，並給予照顧。 〔例〕上司體恤陳先生的處境，批准他請假回鄉探望病危的母親。
同病相憐 tóng bìng xiāng lián	因為有同樣的病痛或遭遇而互相同情。 〔例〕他們最近都失業了，兩個人同病相憐，經常在一起喝悶酒。

😲 悲痛

詞語	解釋及例句
哀傷 āi shāng	悲傷。 〔例〕為了學業，你應儘快忘掉哀傷。
哀痛 āi tòng	悲哀痛苦。程度比「哀傷」重。 〔例〕全校師生都哀痛於校長逝世的噩耗。
悲哀 bēi āi	悲痛傷心。 〔例〕他因海嘯痛失家園，心中充滿悲哀。
悲苦 bēi kǔ	悲哀痛苦。 〔例〕他從小流離失所，境遇十分悲苦。
悲傷 bēi shāng	悲哀傷心。 〔例〕心愛的小狗死了，她悲傷不已。
悲歎 bēi tàn	悲傷歎息。 〔例〕他落到今天的地步，實在叫人悲歎。
慘痛 cǎn tòng	悲慘沉痛。 〔例〕那慘痛的一幕，他永生難忘。
腸斷 cháng duàn	形容極度悲傷。也說「斷腸」。 〔例〕這樣悽婉的歌聲，聽了令人腸斷。
沉痛 chén tòng	非常深沉的悲痛。也指深刻、嚴重。 〔例〕面對飛機失事的災難現場，他心情十分沉痛。
樂極生悲 lè jí shēng bēi	快樂到極點轉而發生悲哀的事情。 〔例〕他因為中獎而狂飲無度，結果樂極生悲，得腦血栓住進了醫院。

詞語	解釋及例句
難過 nán guò	心裏悲傷，不痛快。 〔例〕聽到這個消息，他難過得流下淚來。
難受 nán shòu	難過；不舒服。 〔例〕熱得難受。
悽慘 qī cǎn	淒涼；悲慘。多用來形容處境或遭遇，以襯托人的悲哀感情。 〔例〕兩個因地震失去父母的小女孩哭得非常悽慘。
傷感 shāng gǎn	接觸到某些情景而產生悲傷情緒。 〔例〕告別晚宴上彌漫着一種傷感的氛圍。
傷心 shāng xīn	因遭受不如意的事而心裏難過。 〔例〕想起那件事，他不由得傷心落淚。
痛楚 tòng chǔ	心情悲痛、悽楚。 〔例〕想到自己的苦難別人也曾熬受過，雖不能治癒痛楚，卻使它稍稍緩和。
痛苦 tòng kǔ	身體或精神上感到非常難受；悲傷。 〔例〕母親去世三個多月了，可是他的痛苦一點兒也沒有減輕。
痛心 tòng xīn	極端傷心。多用來形容深深惋惜。 〔例〕你的行為讓我十分痛心。
兔死狐悲 tù sǐ hú bēi	比喻因同類的滅亡而感到悲傷。 〔例〕兔死狐悲，物傷其類。
心酸 xīn suān	心裏悲痛。 〔例〕奶奶一陣心酸，再也說不下去了。

😌 憂愁

詞語	解釋及例句
長吁短歎 cháng xū duǎn tàn	長一聲、短一聲地歎氣。形容愁苦的樣子。吁：歎氣。 〖例〗父親長吁短歎，可能是工作上又有甚麼不順心。
愁眉不展 chóu méi bù zhǎn	心裏發愁，眉頭緊鎖。 〖例〗自從得知落榜的消息後，他整天愁眉不展，心情低落。
愁眉苦臉 chóu méi kǔ liǎn	眉頭緊鎖，臉帶愁容。形容因發愁而沮喪的樣子。 〖例〗一聽說要數學測驗，小劉立刻愁眉苦臉起來。
愁緒 chóu xù	憂愁的情緒。 〖例〗愁緒滿懷｜滿腹愁緒。
愁容滿面 chóu róng mǎn miàn	憂愁的面容。 〖例〗你愁容滿面，到底有甚麼煩心的事呢？
擔憂 dān yōu	擔心；憂慮。 〖例〗全家人都在為他的前途擔憂。
掛慮 guà lù	惦念；擔心。偏重於擔心。 〖例〗女兒出國留學，媽媽一直掛慮在心。
離愁別緒 lí chóu bié xù	離別時所產生的傷感情緒。 〖例〗火車開出好遠了，離愁別緒還縈繞在他的心間。

詞語	解釋及例句
憂慮 yōu lǜ	憂愁；有顧慮。 【例】事情越來越糟，讓他十分憂慮。
憂傷 yōu shāng	憂愁；悲傷。 【例】那首蘇格蘭民歌，聽了令人很憂傷。
憂心忡忡 yōu xīn chōng chōng	憂愁的心情不能安靜。 【例】父親住院後，母親整天憂心忡忡。
憂心如焚 yōu xīn rú fén	憂愁而又焦急，心裏像要着火。程度比「憂心忡忡」重。 【例】幾十名中毒者生命危在旦夕，醫護人員和患者家屬都憂心如焚。

灰心

詞語	解釋及例句
垂頭喪氣 chuí tóu sàng qì	失意懊喪的樣子。 【例】這場球賽我們雖敗猶榮，大家都挺起胸膛，別垂頭喪氣的。
低落 dī luò	下降。常用來形容情緒不高；也形容水位、價格等的下降。 【例】考試失利，小明的情緒很是低落。
沮喪 jǔ sàng	灰心失望，提不起精神。 【例】神情沮喪｜一臉沮喪。
絕望 jué wàng	毫無希望。程度遠比「失望」重。 【例】人在絕望的時候，心理是非常脆弱的。

詞語	解釋及例句
氣餒 qì něi	失掉信心和勇氣。 〔例〕老師鼓勵他繼續努力，不要輕易氣餒。
失意 shī yì	志向或意願得不到伸展。 〔例〕近幾年他很失意，做甚麼都不順利。
頹廢 tuí fèi	意志消沉，精神委靡。貶義。 〔例〕思想頹廢。
萬念俱灰 wàn niàn jù huī	很多志向、慾望、抱負都破滅了。形容極端絕望的心情。 〔例〕老年喪子，他萬念俱灰，幸虧親友的勸導，才使他恢復了生活的信心。
消沉 xiāo chén	情緒低落。 〔例〕意志消沉。
心灰意冷 xīn huī yì lěng	灰心喪氣，意志消沉，一點兒熱情也沒有。程度比「萬念俱灰」輕。 〔例〕他那麼努力溫習，成績還是不理想，這令他心灰意冷。
無精打采 wú jīng dǎ cǎi	形容精神不振作的樣子。 〔例〕一看見他無精打采的樣子，就知道他喜歡的球隊昨天肯定輸球了。
一蹶不振 yī jué bù zhèn	比喻遇到一次挫折就不能再振作起來。蹶：跌倒。 〔例〕做生意總是有盈有虧，你不能因為這次虧本就一蹶不振啊！

詞語	解釋及例句
自暴自棄 zì bào zì qì	自甘墮落，不求上進。貶義。 〔例〕如果因為這點挫折便自暴自棄，那這輩子都難有所成就了。

無奈

詞語	解釋及例句
愛莫能助 ài mò néng zhù	心裏同情卻無力幫助。常用於推託。 〔例〕對你的遭遇我愛莫能助，還希望你能理解。
不可救藥 bù kě jiù yào	無藥可醫。比喻事物已到了毫無辦法的地步。 〔例〕他已經墮落到不可救藥的地步了。
獨木難支 dú mù nán zhī	一根木頭難以支撐。比喻一個人的力量難以支撐全局。 〔例〕儘管他全力奔走，可到底獨木難支，最後公司還是倒閉了。
孤掌難鳴 gū zhǎng nán míng	一個巴掌拍不響。比喻一個人勢單力弱，難以成事。 〔例〕這件事要大家齊心協力合作，我一個人孤掌難鳴啊！
力不從心 lì bù cóng xīn	心裏想做，能力卻達不到。 〔例〕他年事已高，想挑重擔卻力不從心。
迫不得已 pò bù dé yǐ	迫於環境和情勢不得不那樣做。 〔例〕突然下大雨，迫不得已球賽只好延期。

詞語	解釋及例句
束手無策 shù shǒu wú cè	像手被捆住一樣，沒有一點兒辦法。 【例】病人的病情急轉直下，醫生也束手無策了。
萬般無奈 wàn bān wú nài	甚麼辦法也沒有，無可奈何。 【例】萬般無奈之下，他只好取消了原來的計劃。
萬不得已 wàn bù dé yǐ	甚麼辦法也沒有了，不得不這樣做。 【例】不到萬不得已，我也不會找你幫忙。
無計可施 wú jì kě shī	沒有甚麼辦法可施展。 【例】時間如此急迫，他真的無計可施了。
無可奈何 wú kě nài hé	不得已，沒辦法。奈何：怎麼辦。 【例】這事叫他也無可奈何。
無能為力 wú néng wéi lì	沒有能力；沒有辦法。 【例】我不懂游泳，叫我參加渡海游泳比賽，實在無能為力。
心有餘而力不足 xīn yǒu yú ér lì bù zú	心裏很想做，可是力量不夠。 【例】我很想幫他，可實在心有餘而力不足。
一籌莫展 yī chóu mò zhǎn	一點計策也施展不出，比喻毫無辦法。 【例】內外交困，他實在是一籌莫展了。
坐以待斃 zuò yǐ dài bì	形容在危機情況下不想辦法，乾等災難降臨。 【例】情況危急，我們不能坐以待斃，要趕緊想辦法。

厭惡

詞語	解釋及例句
不耐煩 bù nài fán	厭煩得叫人無法忍受。 〔例〕沒等我把話說完，他就不耐煩了。
反感 fǎn gǎn	不滿意的情緒。 〔例〕這項決定引起了大多數人的反感。
可惡 kě wù	令人厭惡惱恨。 〔例〕這種自私自利的做法，真是太可惡了。
可憎 kě zēng	厭惡；可恨。程度比「可惡」重。 〔例〕這種行為太不文明，真是可憎。
令人生厭 lìng rén shēng yàn	使人產生討厭的情緒。 〔例〕這種肉麻的吹捧，聽了真是令人生厭。
討厭 tǎo yàn	厭惡；招人厭煩。 〔例〕大家都討厭她那虛情假意的模樣。
痛惡 tòng wù	極端厭惡。 〔例〕球迷們痛惡打假球。
嫌棄 xián qì	因厭惡而不願意接近。 〔例〕他雖然身有殘疾，可同學們誰也不嫌棄他，都願意和他交朋友。
厭煩 yàn fán	反感；不耐煩。 〔例〕天天重複做這些枯燥的練習，真讓人厭煩。

詞語	解釋及例句
厭倦 yàn juàn	對某事失去興趣而感到倦怠。 〔例〕他的報告已經講了三個小時，而且內容空洞無物，實在令人厭倦。
厭棄 yàn qì	因厭惡而嫌棄。 〔例〕遭人厭棄。
憎惡 zēng wù	厭惡；可恨。 〔例〕他常常自以為是，語氣傲慢，大家都很憎惡他。

☺ 煩悶

詞語	解釋及例句
懊惱 ào nǎo	煩惱悔恨。 〔例〕這件事沒辦好，他心裏無限懊惱。
愁悶 chóu mèn	憂愁；煩悶。 〔例〕他擔心爸爸的病，心裏十分愁悶。
煩惱 fán nǎo	煩悶；苦惱。程度比「煩悶」重。 〔例〕兒子不用功讀書，整天玩遊戲機，媽媽真是煩惱極了。
煩躁 fán zào	煩悶；急躁。 〔例〕她今天心情煩躁，動不動就生氣。
苦悶 kǔ mèn	苦惱；煩悶。 〔例〕找個朋友聊聊，把心裏的苦悶說出來就輕鬆了。

詞語	解釋及例句
苦惱 kǔ nǎo	痛苦煩惱。 〔例〕他因為沒進入足球隊，心裏很苦惱。
悶悶不樂 mèn mèn bù lè	心裏愁悶不高興。 〔例〕有甚麼不開心的事就說出來，整天悶悶不樂的可不好。
心煩意亂 xīn fán yì luàn	心情煩悶焦躁，思緒紛亂。 〔例〕家裏的事令他心煩意亂，工作頻頻出錯。
抑鬱 yì yù	心裏有忿恨，不能訴說而煩悶。 〔例〕這些天他心情抑鬱，甚麼也做不好。
憂煩 yōu fán	憂慮；煩悶或煩躁。 〔例〕近來他的心裏很憂煩，一本小說半個月了還沒看完。
憂悶 yōu mèn	憂愁；煩悶。 〔例〕憂悶數日，答案還是沒有找到，他不得不放棄了。
憂鬱 yōu yù	愁悶；憂傷。 〔例〕這個演員有一種憂鬱的氣質。
鬱悶 yù mèn	煩悶；不舒暢。 〔例〕剛在家生了一肚子氣，上班又要強作笑臉，她心情真是鬱悶透了。
鬱鬱寡歡 yù yù guǎ huān	悶悶不樂。鬱鬱：發愁的樣子。寡：少。 〔例〕近幾天他總是鬱鬱寡歡，一定是遇到甚麼麻煩了。

😮 生氣

詞語	解釋及例句
暴跳如雷 bào tiào rú léi	跳起來大聲喊叫，像打雷一樣。形容暴怒不能自制的樣子。 〔例〕聽說隊員是因酗酒而不能歸隊，他禁不住暴跳如雷。
勃然大怒 bó rán dà nù	盛怒；突然發怒。 〔例〕他發覺自己上當受騙，勃然大怒。
大發雷霆 dà fā léi tíng	比喻大發脾氣，高聲訓斥。 〔例〕你為這麼一點點小事就大發雷霆，不值得啊！
憤憤不平 fèn fèn bù píng	感到不公平而生氣。 〔例〕輸掉那場比賽完全是因為裁判不公，現在大家議論起來還憤憤不平。
憤慨 fèn kǎi	氣憤不平。多形容因正義的事而氣憤。 〔例〕對於日本首相參拜靖國神社一事，中國人民十分憤慨。
激憤 jī fèn	激動而憤怒。多指嚴肅正義的事。 〔例〕羣情激憤｜激憤的心情難以平抑。
滿腔怒火 mǎn qiāng nù huǒ	整個胸膛充滿怒火。 〔例〕聽了來自前線的報告，在座的年輕人都滿腔怒火，熱血沸騰。
惱怒 nǎo nù	生氣；發怒。 〔例〕對方的態度讓他十分惱怒，他決定退出談判。

詞語	解釋及例句
惱羞成怒 nǎo xiū chéng nù	因為羞愧而惱恨發怒。 ［例］老李一語道破了他的陰謀，使他惱羞成怒。
怒不可遏 nù bù kě è	憤怒得難以抑制。遏：止。 ［例］法庭上，受害人家屬怒不可遏，幾次要發作，都被警察攔住了。
怒髮衝冠 nù fà chōng guān	憤怒得頭髮直豎，頂起了帽子。誇張說法，形容非常憤怒。 ［例］聽到兒子竟然犯下如此罪行，他氣得怒髮衝冠。
怒火中燒 nù huǒ zhōng shāo	怒氣像火一樣在心中燃燒。形容很憤怒。 ［例］一提那件讓他受辱的事，他仍禁不住怒火中燒。
怒氣衝天 nù qì chōng tiān	怒氣很大，直衝雲天。 ［例］很多市民怒氣衝天，舉行示威集會，高呼口號抗議。
咆哮如雷 páo xiào rú léi	因暴怒而大聲喊叫。 ［例］場上隊員打得很差，場下的教練咆哮如雷。
七竅生煙 qī qiào shēng yān	形容氣憤已極，好像七竅都要冒出火來。七竅：兩眼兩耳兩鼻孔和口。 ［例］儘管他已經氣得七竅生煙，但仍然不得不把要說的話嚥回去。
氣沖沖 qì chōng chōng	非常生氣的樣子。 ［例］他氣沖沖地摔門而去。

詞語	解釋及例句
氣呼呼 qì hū hū	非常生氣的樣子。 【例】他氣呼呼地要找對方理論。
震怒 zhèn nù	突然間憤怒；大怒。 【例】聽說公款被挪用了，總經理大為震怒。

☺ 激動

詞語	解釋及例句
衝動 chōng dòng	因感情受刺激，語言、行動失去理智。 【例】你不要太衝動，還是冷靜下來考慮考慮再說吧。
激情 jī qíng	強烈衝動的情感。 【例】客場取勝後，大家激情難抑，高聲唱起隊歌來。
慷慨 kāng kǎi	充滿正氣，情緒激動。也指不吝嗇。 【例】他慷慨陳詞，駁得對方無言以對。
慷慨激昂 kāng kǎi jī áng	形容情緒、語調激動昂揚而充滿正氣。 【例】他慷慨激昂的演講，讓大家熱血沸騰。
羣情鼎沸 qún qíng dǐng fèi	羣眾的情緒高漲，像鍋裏沸騰的水一樣熱烈。 【例】市民們得知將在本市舉辦下屆亞運會，頓時羣情鼎沸。
熱烈 rè liè	情緒高昂，激動。 【例】會場氣氛十分熱烈。

詞語	解釋及例句
熱血沸騰 rè xuè fèi téng	比喻熱情洋溢，十分激動。 〔例〕一場令人熱血沸騰的比賽。
興沖沖 xìng chōng chōng	興致很高的樣子。 〔例〕他興沖沖地回到家，把獲得數學比賽第一名的消息告訴了媽媽。
振奮 zhèn fèn	振作；奮發。 〔例〕這個消息非常令人振奮。

😨 害怕

詞語	解釋及例句
不寒而慄 bù hán ér lì	不寒冷而發抖。形容非常恐懼。 〔例〕半夜裏聽到聲聲狼嚎，真叫人不寒而慄。
誠惶誠恐 chéng huáng chéng kǒng	原為古時臣下對皇帝的奏章中常用的套語，表示他們既尊敬，又恐懼不安。現用來形容惶恐不安的樣子。 〔例〕新同事誠惶誠恐地站着聽老闆訓話。
吃驚 chī jīng	突然受到外界衝擊而精神緊張。 〔例〕她有這麼大膽的想法，真讓人吃驚。
大吃一驚 dà chī yī jīng	非常吃驚。 〔例〕這個消息讓他大吃一驚。
大驚失色 dà jīng shī sè	因非常吃驚而失去了正常的神色。 〔例〕老師宣佈突擊測驗，同學們都大驚失色。

詞語	解釋及例句
膽怯 dǎn qiè	因膽小而畏縮。 〔例〕面對台下的全校師生，她膽怯得聲調都變了。
膽戰心驚 dǎn zhàn xīn jīng	形容害怕到了極點。 〔例〕一提起那次不幸的遭遇，他就感到膽戰心驚。
愕然 è rán	吃驚的樣子。 〔例〕這出人意料的消息令大家都愕然了。
風聲鶴唳 fēng shēng hè lì	聽到風聲和鶴叫都使人感到懼怕，形容驚恐疑懼的樣子。 〔例〕逃犯還以為警察追到了，一路上風聲鶴唳，晝夜奔逃，不敢停留。
駭人聽聞 hài rén tīng wén	使人聽了極為意外和震驚。駭：驚嚇。 〔例〕這消息太駭人聽聞了，怎麼可能呢？
惶恐不安 huáng kǒng bù ān	驚慌、害怕而不能安寧。 〔例〕黑社會在這一帶為非作歹，攪得市民惶恐不安。
魂飛魄散 hún fēi pò sàn	嚇得魂魄都飛散了。形容驚恐萬狀的樣子。 〔例〕浩民第一次坐過山車時，嚇得魂飛魄散。
驚詫 jīng chà	出乎預料而感到奇怪；驚異。程度比「驚訝」重。 〔例〕陳老師辭職的消息突如其來，我們都十分驚詫。

詞語	解釋及例句
驚慌 jīng huāng	因害怕而慌張。 〔例〕他驚慌得筷子都掉了。
驚魂未定 jīng hún wèi dìng	驚嚇之後神魂還沒安定。常常是接着又出現了令人驚慌的事。 〔例〕人們目睹第一座世貿大廈倒塌，驚魂未定，第二座世貿大廈也倒下了。
驚恐 jīng kǒng	驚慌恐懼。 〔例〕坦克一到，敵人驚恐萬狀，四散奔逃。
驚奇 jīng qí	吃驚奇怪。 〔例〕這種事多了，有甚麼驚奇的呢？
驚歎 jīng tàn	出乎意料的好，令人驚訝讚歎。 〔例〕小朋友作的畫有時令人驚歎不已。
驚嚇 jīng xià	因意外的精神刺激而害怕。 〔例〕萬聖節那天，他到海洋公園的「鬼屋」遊玩，結果驚嚇得跌坐在地上。
驚訝 jīng yà	因出乎意料而覺得驚奇。 〔例〕看到他的新髮型，大家都驚訝得說不出話來。
驚異 jīng yì	因意料不到而驚奇詫異。 〔例〕打開門一看是他，我心裏十分驚異。
懼怕 jù pà	很害怕。 〔例〕我們要勇敢，不要懼怕困難。
恐慌 kǒng huāng	因擔憂害怕而恐懼慌張。 〔例〕據說地震還會發生，人們十分恐慌。

詞語	解釋及例句
毛骨悚然 máo gǔ sǒng rán	毛髮豎起，脊梁骨發涼，形容極度恐懼的感覺。悚然：粵音聳，害怕的樣子。 〔例〕走進骨灰存放間，他禁不住毛骨悚然。
面如土色 miàn rú tǔ sè	臉色像土一樣。形容驚恐到了極點。 〔例〕汽車差一點兒與貨車相撞，司機嚇得面如土色。
目瞪口呆 mù dèng kǒu dāi	瞪大眼睛説不出話來。形容受驚或非常意外而愣住的樣子。 〔例〕這意外的結果令大家目瞪口呆。
談虎色變 tán hǔ sè biàn	一談到老虎臉色就變了，比喻一提可怕的事情，精神就緊張、害怕。 〔例〕自從因玩股票破產後，只要有人提及股票，他都會談虎色變，閉口不語。
提心吊膽 tí xīn diào dǎn	形容非常擔心害怕。 〔例〕媽媽去學校參加家長會，小林在家提心吊膽，不知是福是禍。
畏懼 wèi jù	害怕。 〔例〕耀輝對自己的父親很尊敬，但又有幾分畏懼。
畏首畏尾 wèi shǒu wèi wěi	怕前怕後。形容顧慮重重的樣子。 〔例〕面試時一定要大大方方的，千萬別畏首畏尾。
畏縮不前 wèi suō bù qián	畏懼退縮，不敢前進。 〔例〕展示才能的好機會來了，你怎麼還畏縮不前呢？

詞語	解釋及例句
聞風喪膽 wén fēng sàng dǎn	形容聽到一點兒風聲就嚇破了膽。貶義。 風：消息。喪膽：喪失勇氣。 〔例〕歹徒聞風喪膽，四散逃竄。
心膽俱裂 xīn dǎn jù liè	心和膽都破裂了。形容程度極深的驚恐狀態。 〔例〕第一次跳傘，他從高空望向地面，感到心膽俱裂。
心有餘悸 xīn yǒu yú jì	事情已經過去了，但心裏還感到害怕。 悸：心跳；害怕。 〔例〕一想起昨天的車禍，他還心有餘悸。
戰戰兢兢 zhàn zhàn jīng jīng	形容十分害怕而小心謹慎的樣子。 〔例〕這個實驗不容許出錯，所以大家戰戰兢兢的，不敢大意。
震驚 zhèn jīng	令人大感震動和吃驚。多形容人的精神受到嚴重刺激。 〔例〕第二次世界大戰時，原子彈可怕的威力，震驚了全世界。

😮 害羞

詞語	解釋及例句
腼腆 miǎn tiǎn	因怕生或害羞而神情不自然。也作「靦覥」。 〔例〕剛轉來這個班的時候，他腼腆得一說話臉就紅。

詞語	解釋及例句
面紅耳赤 miàn hóng ěr chì	因害羞、急躁或憤怒等原因臉和耳朵都紅了。 ［例］兩人爭得面紅耳赤。｜一句話揭了他的底細，他頓時羞得面紅耳赤。
難為情 nán wéi qíng	不好意思或情面上過不去。 ［例］感到難為情。｜當眾讀錯了課文，她顯得很難為情。
忸怩 niǔ ní	形容不好意思或不大方的樣子。 ［例］你這樣忸怩，還想做演員，不是開玩笑嗎？
無地自容 wú dì zì róng	無處讓自己容身。形容羞愧到了極點。 ［例］羞愧使他無地自容，他決定痛改前非。
羞答答 xiū dā dā	形容害羞的樣子。也説「羞羞答答」。 ［例］這個小姑娘在生人面前總是羞答答的。
羞怯 xiū qiè	因怕羞而膽怯。 ［例］她第一次到男朋友家，難免有些羞怯。

😑 輕視

詞語	解釋及例句
白眼 bái yǎn	翻白眼珠瞪人，是看不起人的一種表情。 ［例］小時候因為家庭出身不好，他受夠了別人的白眼。

詞語	解釋及例句
鄙視 bǐ shì	非常輕蔑地看待。多指對待卑劣的人或事。 〔例〕他經常在人後講人壞話，行為惡劣，很多人都鄙視他。
不屑一顧 bù xiè yī gù	對事物極度輕視，認為不值得一看。 〔例〕他對這種嘩眾取寵的節目不屑一顧。
不足掛齒 bù zú guà chǐ	不值得一提。掛齒：掛在嘴上。 〔例〕區區小事，不足掛齒。
嗤之以鼻 chī zhī yǐ bí	用鼻子出聲冷笑，表示看不起。嗤：譏笑。 〔例〕對那些貪圖小利的人，他一向嗤之以鼻。
藐視 miǎo shì	輕視；看不起。 〔例〕官員依仗權勢，竟藐視法律，橫行無忌，終受法律制裁。
唾棄 tuò qì	因鄙棄、蔑視而拋掉。 〔例〕他以販毒為生，遭到親友唾棄。

😟 仇恨

詞語	解釋及例句
仇視 chóu shì	像仇人那樣看待。 〔例〕這種小道消息不要相信，肯定是仇視我們的敵人造的謠。

詞語	解釋及例句
憤恨 fèn hèn	憤慨痛恨。 〔例〕他不道德的行為引起了人們的憤恨。
恨之入骨 hèn zhī rù gǔ	形容痛恨到了極點。 〔例〕犯罪分子的罪行，使市民恨之入骨。
懷恨 huái hèn	心裏怨恨；記恨。 〔例〕你們是同學，有甚麼不滿可以説出來，哪能懷恨在心呢？
悔恨 huǐ hèn	懊悔自恨。 〔例〕她對自己所做的錯事悔恨不已。
令人切齒 lìng rén qiè chǐ	形容痛恨的樣子。切齒：咬牙。 〔例〕明明知道這種食品有害，還不斷出售，不良商人卑劣的行徑實在令人切齒。
深惡痛絕 shēn wù tòng jué	痛恨到了極點。 〔例〕市民對這些電話騙案早已深惡痛絕了。
勢不兩立 shì bù liǎng lì	雙方矛盾尖鋭不能並存。勢：情勢。立：存在；生存。 〔例〕雙方球迷勢不兩立，有這種情緒是極其錯誤的。
痛恨 tòng hèn	深切地憎恨。 〔例〕這種罔顧道路安全的行為，令人十分痛恨。
痛心疾首 tòng xīn jí shǒu	形容痛恨到了極點。疾首：頭痛。 〔例〕對於社會上的不良風氣，廣大市民無不痛心疾首。

詞語	解釋及例句
血海深仇 xuè hǎi shēn chóu	形容有血債的深仇大恨。 【例】這兩個國家有血海深仇。
咬牙切齒 yǎo yá qiè chǐ	形容恨到了極點。 【例】一提起那件事他就咬牙切齒，氣憤難平。
怨恨 yuàn hèn	因對人或事不滿而生恨。程度遠比「仇恨」輕。 【例】他常常怨恨自己在年輕時沒有珍惜光陰，用功讀書，以致落到這般田地。
怨聲載道 yuàn shēng zài dào	怨恨的聲音充滿道路。多形容引起公憤。 【例】新政策一出台，就引起市民極度反感，一時間怨聲載道。
憎恨 zēng hèn	厭惡痛恨。 【例】他曾被流氓欺負，對流氓無比憎恨。

😊 孤單

詞語	解釋及例句
單獨 dān dú	不與別的合在一起；獨自。 【例】暑假期間，他單獨一人去台灣旅行。
孤獨 gū dú	獨自一人；孤單。 【例】轉學到新校後，他一開始感到很孤獨，但不久就和新同學交上了朋友。

詞語	解釋及例句
孤苦伶仃 gū kǔ líng dīng	困苦孤單，無依無靠。 【例】爸爸自幼父母雙亡，剩下他一人孤苦伶仃，流落街頭，靠乞討為生。
孤零零 gū líng líng	形容無靠無靠或單獨一個沒有陪襯。 【例】朋友都成雙成對，歡度聖誕節，他卻孤零零一人吃聖誕大餐。
孤掌難鳴 gū zhǎng nán míng	一個巴掌難以拍響。比喻力量薄弱，不能成事。 【例】足球運動講究互相合作，你的球技再好，若缺少隊友配合，孤掌難鳴，也勝不了比賽。
形單影隻 xíng dān yǐng zhī	孤零零的一個人，一個影子。形容孤獨，沒有伴侶。 【例】哥哥離婚了，看着他形單影隻的樣子，實在讓人同情。

😮 迷惘

詞語	解釋及例句
大惑不解 dà huò bù jiě	非常迷惑，不能明白。 【例】他高高興興地請小李參加他的生日晚宴，小李卻拒絕了，這叫他大惑不解。
糊塗 hú tu	不明事理，對事物的認識模糊或混亂。 【例】爺爺已經老糊塗了。

詞語	解釋及例句
困惑 kùn huò	疑惑，不知道怎麼辦。 〔例〕他感到十分困惑，不知道該怎麼辦。
茫然 máng rán	完全不知道的樣子。也形容失意的樣子。 〔例〕看他一臉的茫然，顯然根本就沒聽說過望夫石的傳說。
茫無頭緒 máng wú tóu xù	模模糊糊的沒有頭緒。 〔例〕會演明天就要開始，可準備工作到現在還茫無頭緒。
迷惑 mí huò	心中無主見，辨不清是非。 〔例〕他們各說各的理，事實到底是怎樣的呢？他也迷惑了。
迷茫 mí máng	神情恍惚，不知該怎麼辦。 〔例〕他迷茫地望一眼烏雲密佈的夜空，真不知道該怎麼走了。
莫名其妙 mò míng qí miào	事情令人感到奇怪或難以理解，沒有人能說出其中的奧妙。「名」也作「明」。 〔例〕他的發言離題萬里，讓所有的人都莫名其妙。

 # 後悔

詞語	解釋及例句
懊悔 ào huǐ	（做錯了事而感到）煩惱、悔恨。 〔例〕他對同學說了一句不禮貌的話，懊悔了整整一個下午。

詞語	解釋及例句
懊惱 ào nǎo	煩惱;悔恨。 〔例〕這件事沒辦好,他心裏無限懊惱。
悔不當初 huǐ bù dāng chū	後悔當初沒有那樣做。 〔例〕見到今天的後果,他悔不當初。
悔改 huǐ gǎi	認識到自己的錯誤並改正。 〔例〕認識到錯誤,現在悔改也不晚啊!
悔恨 huǐ hèn	懊悔。 〔例〕看到今天這樣糟糕的局面,他悔恨不已。| 他真悔恨自己當初說了那樣的話。
痛改前非 tòng gǎi qián fēi	痛下決心改正以前的錯誤或罪過。 〔例〕只要你痛改前非,大家還把你當作朋友。
痛悔 tòng huǐ	痛心;悔恨。 〔例〕他痛悔自己沒早一天回來,因為那樣還可以見父親一面。
洗心革面 xǐ xīn gé miàn	比喻徹底悔改。也說「革面洗心」。 〔例〕經過這次教訓,他決定洗心革面,不再沉迷於賭博。
遺憾 yí hàn	餘恨;不稱心;惋惜。 〔例〕他只差三分沒考上大學,真是遺憾。
追悔莫及 zhuī huǐ mò jí	追溯過去,感到悔恨,但已來不及彌補了。程度比「追悔」更重。 〔例〕直到犯下不可饒恕的罪行,他才懂得害怕,卻已經追悔莫及。

慚愧

詞語	解釋及例句
不好意思 bù hǎo yì sī	害羞；礙於情面而不便或不肯。 〔例〕他被大家笑得有點兒不好意思了。｜他雖然缺錢，但不好意思開口借。
尷尬 gān gà	神態不自然。也指左右為難，不好處理。 〔例〕他表情很尷尬，兩隻手搓了又搓，還是說不出一句完整的話。
汗顏 hàn yán	因羞愧而出汗。泛指羞愧。常用作謙詞。 〔例〕你小小年紀，就取得這樣的成就，真令我這當哥哥的汗顏。
愧恨 kuì hèn	因羞慚而自恨。 〔例〕他因一時疏忽，給公司造成這麼大的損失，內心感到非常愧恨。
愧疚 kuì jiù	因慚愧而心裏不安。 〔例〕愧疚的心情｜內心深感愧疚。
面有愧色 miàn yǒu kuì sè	臉面上出現慚愧的表情。 〔例〕見他面有愧色，媽媽就知道他這次考試成績肯定不理想。
內疚 nèi jiù	內心感到慚愧不安。 〔例〕外語考試不及格，一想起爸爸每天輔導他的情景，他就感到十分內疚。
羞愧 xiū kuì	羞恥；慚愧。 〔例〕面對老師的寬容，他感到羞愧萬分。

詞語	解釋及例句
自慚形穢 zì cán xíng huì	原指因自己容貌舉止不如別人而感到慚愧，後泛指自愧不如別人。多用作謙詞。 慚：慚愧。形：形態。穢：骯髒，引申為缺點或不足。 〔例〕看到別人高談闊論的樣子，他不由得自慚形穢起來。
自愧不如 zì kuì bù rú	因比不上別人而羞愧。 〔例〕老先生才高八斗，鄙人自愧不如。

人物篇

品德・性格

節儉

詞語	解釋及例句
儉樸 jiǎn pǔ	生活節約，不浪費財物。也作「簡樸」。 【例】生活儉樸。
節約 jié yuē	減少不必要的耗費。 【例】節約時間｜厲行節約。
節衣縮食 jié yī suō shí	省吃省穿。節：減省。 【例】媽媽節衣縮食，供我們姐弟倆上大學。
精打細算 jīng dǎ xì suàn	使用人力物力時計算精細，避免浪費。 【例】爸爸工資不高，家裏的日子全靠媽媽精打細算。
樸素 pǔ sù	生活節約，不奢侈。 【例】艱苦樸素｜他的穿着很樸素。
勤儉 qín jiǎn	勤勞而節儉。 【例】勤儉持家｜他為人勤儉節約。
省吃儉用 shěng chī jiǎn yòng	節省吃的和用的。泛指節儉。 【例】我知道這是父母省吃儉用攢下的錢，花起來格外珍惜。

誠實

詞語	解釋及例句
誠懇 chéng kěn	對人或對事的態度真實而懇切。 【例】他很誠懇地向老師認了錯。

詞語	解釋及例句
赤誠 chì chéng	極其真誠。 【例】赤誠之心，日月可鑒。
懇切 kěn qiè	誠懇而殷切。 【例】他在班上跟同學道歉，懇切地希望得到大家的原諒。
真誠 zhēn chéng	真實誠懇，沒有一點兒虛假。多指心意和感情。 【例】他被朋友真誠的關心感動了。
真心實意 zhēn xīn shí yì	真實的心意。 【例】他真心實意的話語令我十分感動。
真摯 zhēn zhì	（感情）真誠懇切。程度比「真誠」深。 【例】同學三年，他們結下了真摯的友誼。
忠誠 zhōng chéng	盡心盡力地待人處事。 【例】他為人忠誠可靠，結交了不少朋友。
忠厚 zhōng hòu	忠實厚道。常用來形容性格。 【例】他為人忠厚老實，是個值得信賴的人。
忠實 zhōng shí	忠誠可靠。常用來形容行為。 【例】他忠實地履行了自己的職責。｜對朋友最重要的就是忠實。
忠心 zhōng xīn	忠誠的心。 【例】古代不少臣子對君主忠心耿耿。
忠貞 zhōng zhēn	忠誠而堅定不移。 【例】忠貞不屈｜忠貞不貳。

勇敢

詞語	解釋及例句
敢作敢為 gǎn zuò gǎn wéi	敢於做事，無所顧忌。 〔例〕他這個人光明磊落，敢作敢為。
果敢 guǒ gǎn	勇敢；果斷。 〔例〕我們若要成就大事，做事須果敢決斷，不要畏首畏尾。
臨危不懼 lín wēi bù jù	遇到危險不懼怕。 〔例〕消防員們臨危不懼，迅速衝進了火海，拯救受困的人。
無所畏懼 wú suǒ wèi jù	沒有甚麼可害怕的。畏懼：害怕。 〔例〕他是一名無所畏懼的英雄戰士。
英勇 yīng yǒng	才智傑出而勇敢。 〔例〕英勇無畏｜英勇前進。
勇猛 yǒng měng	勇敢；有衝勁。 〔例〕勇猛異常｜勇猛頑強。
勇往直前 yǒng wǎng zhí qián	勇敢地一直向前。 〔例〕勇往直前，義無反顧。
勇武 yǒng wǔ	英勇；威武。 〔例〕勇武有力｜勇武過人。
智勇雙全 zhì yǒng shuāng quán	有智謀而又勇敢。 〔例〕爺爺年輕時智勇雙全，曾擔任過參謀長，並多次立下戰功。

堅強

詞語	解釋及例句
百折不回 bǎi zhé bù huí	受到任何挫折都不回頭。 〔例〕有這種百折不回的決心，你一定會取得好成績的。
百折不撓 bǎi zhé bù náo	無論受到多少次挫折都不退縮、不屈服。撓：彎曲；屈服。 〔例〕面對命運的不公，他百折不撓，終於獲得了成功。
不屈不撓 bù qū bù náo	勇敢面對，不屈服。 〔例〕在如此艱難的條件下，他仍然不屈不撓地與敵人鬥爭。
毫不動搖 háo bù dòng yáo	一絲一毫也不動搖。形容十分堅定。 〔例〕堅持下去，毫不動搖，一定會有成效的。
毫不畏懼 háo bù wèi jù	一絲一毫也不懼怕。 〔例〕向着希望前進，哪怕狂風暴雨也毫不畏懼。
堅 jiān	堅定；堅決。 〔例〕堅守崗位｜人小志堅。
堅定 jiān dìng	（立場、決心等）穩定堅強，不動搖。 〔例〕他學鋼琴的決心如此堅定，我們應該支持他。
堅決 jiān jué	（態度、主張等）確定不移；不猶豫。 〔例〕態度堅決。

詞語	解釋及例句
堅忍 jiān rěn	頑強堅持，不灰心。 〔例〕患病期間，他堅忍的精神，令醫護人員都為之感動。
堅韌不拔 jiān rèn bù bá	形容意志堅強，不可動搖。程度比「堅韌」重。拔：移動；改變。 〔例〕登山運動員必須具有堅韌不拔的意志。
堅毅 jiān yì	堅強；有毅力。 〔例〕這次危機，展現了她堅毅果敢的一面。
寧死不屈 nìng sǐ bù qū	態度堅決，寧可犧牲生命也不屈服。 〔例〕陸久之被日軍憲兵司令部抓獲，受盡日軍的折磨，但他寧死不屈。
始終不渝 shǐ zhōng bù yú	從開始到最後從不改變。形容堅決。渝：改變；違背。 〔例〕這種始終不渝的志向，鼓舞着他攀登科學高峯。
頑強 wán qiáng	堅強；不動搖。 〔例〕他頑強地與病魔抗爭了三年之久，最終戰勝了病魔。
穩固 wěn gù	穩定牢固；不動搖。 〔例〕地位穩固。
忠貞不渝 zhōng zhēn bù yú	忠誠堅貞，永不改變。貞：節操。渝：改變；違背。 〔例〕她追求忠貞不渝的愛情。

😊 謙虛

詞語	解釋及例句
客氣 kè qi	有禮貌；待人謙虛。 〔例〕他對來訪的人十分客氣。
平易近人 píng yì jìn rén	性情、態度謙遜溫和，使人容易接近。 〔例〕劉老師平易近人，同學們都很喜歡他。
謙卑 qiān bēi	謙虛得有點兒過分，顯得低下。 〔例〕他文武雙全，待人又謙卑，很受大家的歡迎。
謙恭 qiān gōng	謙虛、恭敬而有禮貌。 〔例〕謙恭有禮。
謙和 qiān hé	為人謙虛，態度和藹。 〔例〕張老師待學生非常謙和，大家都願意和他説心裏話。
謙讓 qiān ràng	謙虛地推讓。 〔例〕孔融四歲讓梨，從小就懂得謙讓。
謙遜 qiān xùn	謙虛；恭謹。 〔例〕我們越是取得成績，越是應該謙遜待人。
虛心 xū xīn	不自以為是；不驕傲自滿。 〔例〕虛心使人進步，驕傲使人落後。
自謙 zì qiān	自我謙虛。 〔例〕他説他講不好英語，那純屬自謙。

大方

詞語	解釋及例句
風度翩翩 fēng dù piān piān	形容舉止灑脫。 〔例〕從照片上看，爺爺年輕時也是風度翩翩的。
風流倜儻 fēng liú tì tǎng	灑脫；不拘束。多形容青年男子。 〔例〕他不但工作能力強，人也風流倜儻，許多女孩子都把他當成心中的白馬王子。
落落大方 luò luò dà fāng	形容人的舉止很自然，既不拘謹，也不矯揉造作。落落：心胸坦率。 〔例〕整個宴會上，他落落大方，博得了大家的好感。
灑脫 sǎ tuō	自然大方；放得開；不拘束。 〔例〕他性情灑脫，不拘小節。
雍容 yōng róng	文雅大方，從容不迫。 〔例〕雍容華貴｜雍容大度。

風趣

詞語	解釋及例句
滑稽 huá jī	指言語、動作引人發笑。 〔例〕小丑的滑稽表演，非常受觀眾歡迎。
詼諧 huī xié	說話、動作有趣，引人發笑。 〔例〕張老師講課詼諧生動，上他的課時，同學們都很專心。

詞語	解釋及例句
幽默 yōu mò	言談舉止有趣而意味深長。 〔例〕這個小品文很幽默。

☺ 和藹

詞語	解釋及例句
慈祥 cí xiáng	和善；安詳。多形容老年人。 〔例〕王先生是一位慈祥的老人。
和善 hé shàn	善良；和藹。 〔例〕他是一位和善的人，不被氣急是不會發這麼大火的。
和顏悅色 hé yán yuè sè	温和、愉悦的神情。 〔例〕老師和顏悅色地聽他講述事情的經過。
平和 píng hé	平易；温和。 〔例〕張校長待人平和，師生們都願意與他親近。
平易近人 píng yì jìn rén	態度謙遜温和，使人容易接近。 〔例〕那位市長平易近人的作風，給市民留下了深刻的印象。
平易可親 píng yì kě qīn	態度謙遜而温和，使人感到親近。程度比「平易近人」重。 〔例〕老人平易可親，孩子們都願意接近他。
謙和 qiān hé	謙遜；温和。 〔例〕為人謙和｜態度謙和。

詞語	解釋及例句
溫和 wēn hé	（態度、言語等）不嚴厲，不粗暴，平和可親。 〔例〕李老師說話很溫和，從不向我們發脾氣。
溫柔 wēn róu	溫和柔順。多用來形容女性。 〔例〕我們的英語老師是個年輕女教師，講話特別溫柔，大家都非常願意聽她講課。
溫順 wēn shùn	溫和順從。多指性格。 〔例〕小花是一個溫順的女孩子，她從來不惹媽媽生氣。
溫文爾雅 wēn wén ěr yǎ	態度溫和，舉止文雅。 〔例〕他的舉止溫文爾雅，顯得很有修養。

😮 健談

詞語	解釋及例句
侃侃而談 kǎn kǎn ér tán	說話流暢，從容不迫的樣子。 〔例〕交流會上，他侃侃而談，詳細而風趣地表達了自己的觀點。
口齒伶俐 kǒu chǐ líng lì	說話流暢靈活，能說會道。 〔例〕這孩子口齒伶俐，逗得爺爺奶奶開懷大笑。
口若懸河 kǒu ruò xuán hé	說話如河水傾瀉，滔滔不絕。形容能言善辯。 〔例〕他講起話來口若懸河，滔滔不絕。

詞語	解釋及例句
伶牙俐齒 líng yá lì chǐ	口齒伶俐；能說會道。 〔例〕他一副伶牙俐齒，誰能辯得過他呢？
能說會道 néng shuō huì dào	善於言談，很會說話。 〔例〕她能說會道，善良熱情，與鄰里相處得不錯。
能言善辯 néng yán shàn biàn	善於辭令和辯駁。略含貶義。 〔例〕不管你怎樣能言善辯，也無法推卸自己該負的責任。
巧舌如簧 qiǎo shé rú huáng	形容能說會道。貶義。簧：樂器薄葉狀的發聲振動體。 〔例〕不管騙子如何巧舌如簧，只要你提高警惕，就不會上當。
滔滔不絕 tāo tāo bù jué	形容話多，連續不斷。 〔例〕他善於言談，說起話來滔滔不絕。

😊 聰明

詞語	解釋及例句
聰慧 cōng huì	聰明；有才智。含義比「聰明」豐富。 〔例〕她是個聰慧的小姑娘，無論學甚麼都能很快掌握竅門。
聰敏 cōng mǐn	聰明而靈敏。與「聰明」義近，但應用不如「聰明」廣泛。 〔例〕天資聰敏。

詞語	解釋及例句
機靈 jī ling	機警靈敏。 〔例〕這孩子非常機靈。
機智 jī zhì	指頭腦靈活，能夠隨機應變。 〔例〕小明非常機智，他不僅穩住了歹徒，還暗中報了警。
精明 jīng míng	精細聰明；機警明察。 〔例〕他是一個精明人，派他去辦這件事大家都很放心。
靈活 líng huó	敏捷，迅速；善於隨機應變，不死板。 〔例〕他頭腦靈活，善於調節同學間的關係。
伶俐 líng lì	聰明，靈活。 〔例〕她聰明伶俐，學甚麼像甚麼。
靈敏 líng mǐn	頭腦反應快；不遲鈍。 〔例〕幸虧他反應靈敏，不然躲閃不及，會出意外的。
睿智 ruì zhì	英明有遠見。 〔例〕科學家用他們睿智的頭腦，為人類創造了無窮的財富。
智慧 zhì huì	聰明才智。 〔例〕集中全班同學的智慧，我們一定能把晚會辦得豐富多彩。
足智多謀 zú zhì duō móu	智謀多，善於料事用謀，有智慧。 〔例〕諸葛亮足智多謀，以空城計智退司馬懿的大軍，解除了危機。

😀 圓滑

詞語	解釋及例句
八面玲瓏 bā miàn líng lóng	原指窗戶寬敞明亮，後形容為人處事手腕圓滑，誰也不得罪。貶義。 〔例〕那個人八面玲瓏，你這性格學不來的。
滑頭 huá tóu	油滑不老實的人。貶義。 〔例〕他是個老滑頭，你不要輕易相信他。
看風使舵 kàn fēng shǐ duò	比喻相機行事，圓滑應變。貶義。也説「見風使舵」。 〔例〕經商當然要看風使舵，否則怎麼能適應市場瞬息萬變的形勢呢？
世故 shì gu	為人處事圓滑，不得罪人。略含貶義。 〔例〕這個人老於世故，不得罪任何人。
油腔滑調 yóu qiāng huá diào	形容人説話輕浮、油滑、不實在。貶義。 〔例〕一個好的推銷員，靠的不是油腔滑調，而是誠懇待客。
油嘴滑舌 yóu zuǐ huá shé	形容人説話油滑。 〔例〕他這個人油嘴滑舌的，根本不可信。

😀 驕傲

詞語	解釋及例句
傲慢無禮 ào màn wú lǐ	輕視別人，對人沒禮貌。貶義。 〔例〕那傢伙如此傲慢無禮，我們為甚麼要跟他一起玩？

詞語	解釋及例句
傲視一切 ào shì yī qiè	瞧不起周圍的一切。多形容自高自大。程度比「傲氣十足」重。多用於貶義。 〔例〕要知道，天外有天，人外有人，你怎麼可以傲視一切呢？
不可一世 bù kě yī shì	狂妄自大到了極點，自以為在同一個世界上沒有任何人比得上他。貶義。 〔例〕別看這個人狂妄自大、不可一世，其實他沒甚麼學問。
高傲 gāo ào	自以為了不起，看不起別人。 〔例〕她因為性情高傲，和大家的關係很糟糕。
好為人師 hào wéi rén shī	總喜歡給別人當老師。貶義。 〔例〕他學識不怎麼樣，卻總是好為人師。
驕傲自滿 jiāo ào zì mǎn	自高自大，自以為滿足。貶義。 〔例〕雖然這次比賽我們取得了較好的成績，但決不可以驕傲自滿。
驕橫 jiāo hèng	驕傲；專橫。往往指態度驕傲自大，辦事專橫霸道。貶義。 〔例〕他自以為了不起，說話辦事特別驕橫，已引起了別人的強烈不滿。
嬌縱 jiāo zòng	嬌慣；放縱。含貶義。 〔例〕為人父母，決不能一味地嬌縱孩子。
狂妄自大 kuáng wàng zì dà	沒有根據地極端自高自大。貶義。 〔例〕他的狂妄自大遲早會將他引向失敗的深淵。

詞語	解釋及例句
目空一切 mù kōng yī qiè	眼睛裏甚麼都沒有。形容驕傲自大，誰都看不起。貶義。 〔例〕他剛在全校大賽上取得一點成績就目空一切，這樣怎麼能繼續進步呢？
目中無人 mù zhōng wú rén	眼裏沒有別人。形容非常驕傲自大。貶義。 〔例〕他雖然學習成績不好，卻成日目中無人，同學們都不願意幫助他。
旁若無人 páng ruò wú rén	好像旁邊沒人。形容不把別人放在眼裏，自高自大。貶義。 〔例〕他趾高氣揚，旁若無人，引起了同學的反感。
盛氣凌人 shèng qì líng rén	用傲慢驕傲的氣勢欺凌人。程度比「趾高氣揚」重。貶義。盛氣：驕傲的氣焰。 〔例〕阿強覺得自己很有錢，總表現得盛氣凌人。
恃才傲物 shì cái ào wù	仗自己的才氣瞧不起人。並不總是貶義，用來形容人的個性時含脫俗義。恃：依靠；憑藉。物：眾人。 〔例〕他恃才傲物的態度令別人很難接近。
妄自尊大 wàng zì zūn dà	狂妄地自以為了不起，不把別人放在眼裏。貶義程度比「自以為是」重。 〔例〕他妄自尊大，看不起別人，最終落得個眾叛親離的下場。

詞語	解釋及例句
心高氣傲 xīn gāo qì ào	心想得很高，態度神情都變得高傲起來。 〔例〕他這個人心高氣傲，一點也不謙虛，所以別人也不願意幫助他。
夜郎自大 yè láng zì dà	比喻因無知而妄自尊大。貶義。夜郎是漢代西南的鄰國，面積相當於漢朝的一個州，但夜郎國君不知漢有多大，問使臣：你們漢朝大還是我們夜郎國大？ 〔例〕為人應謙虛謹慎，不要犯夜郎自大的毛病。
趾高氣揚 zhǐ gāo qì yáng	走路腳抬得很高，神氣十足。形容驕傲自大，得意忘形。貶義。 〔例〕才取得一點成績就趾高氣揚，這種人是不會取得很大成就的。
自吹自擂 zì chuī zì léi	自己吹喇叭，自己打鼓。比喻自我吹噓。貶義。 〔例〕他總是喜歡在眾人面前自吹自擂，然而一遇到難題，他便束手無策。
自負 zì fù	自認為了不起。貶義。程度比「自高自大」稍輕。也指自己負責。 〔例〕他這個人很自負。
自高自大 zì gāo zì dà	自以為了不起。貶義。 〔例〕他剛取得一點成績，就自高自大，看不起別人。
自誇 zì kuā	自己誇耀自己。貶義。 〔例〕你這樣自誇，就不怕別人譏笑嗎？

詞語	解釋及例句
自鳴得意 zì míng dé yì	自己表示很得意。含驕傲義。貶義程度比「自命不凡」輕。 【例】你做得並非十全十美，有甚麼可自鳴得意的呢？
自命不凡 zì mìng bù fán	自以為不平凡、了不起。 【例】醫生發現，那些自命不凡、固執己見的人，人際關係通常不佳。
自恃 zì shì	過分自信，自以為是。含貶義。同「自負」。也指仗恃。 【例】自恃功高。
自視甚高 zì shì shèn gāo	自己認為自己很高明。貶義。 【例】他這個人一向自視甚高，其實並沒有甚麼水平。
自以為是 zì yǐ wéi shì	自己以為自己總是對的。貶義。 【例】他不讀書不看報，知識貧乏卻自以為是。

虛偽

詞語	解釋及例句
花言巧語 huā yán qiǎo yǔ	虛假而動聽的話。貶義。 【例】他每天花言巧語，不做一點實事。
假仁假義 jiǎ rén jiǎ yì	指偽裝的仁慈和義氣。貶義。 【例】你別看他現在對你很好，其實全是假仁假義，實則另有圖謀。

詞語	解釋及例句
口是心非 kǒu shì xīn fēi	嘴上説的是一套，心想的又是一套，心口不一致。貶義。 〔例〕對這種口是心非的人，最好不要太親近。
弄虛作假 nòng xū zuò jiǎ	指用虛假的一套來騙人。貶義。 〔例〕靠弄虛作假騙取的榮譽，不是光榮而是恥辱。
偽善 wěi shàn	偽裝的善良。貶義。 〔例〕他這個人很偽善，不容易被人識破的。
虛假 xū jiǎ	與實際不相符。形容人的品質時，含虛偽義。 〔例〕你這話一聽就很虛假，沒有人會相信。
虛情假意 xū qíng jiǎ yì	情意不真實；不實在。貶義。 〔例〕對真正的好朋友凡事都可以實話實説，用不着虛情假意。
言行不一 yán xíng bù yī	説的和做的不一致。貶義。 〔例〕説過的話就要兑現，怎麼能言行不一呢？
陽奉陰違 yáng fèng yīn wéi	表面遵從，暗地違背。陽：指表面上。陰：指暗地。貶義。 〔例〕對上司陽奉陰違，可能會得逞於一時，但遲早也會失去信任。
裝模作樣 zhuāng mú zuò yàng	故意裝出樣子給人看。多用於貶義。 〔例〕同學們都在埋頭寫作業，小明也不情願的攤開作業本，裝模作樣地寫起來。

😃 吝嗇

詞語	解釋及例句
斤斤計較 jīn jīn jì jiào	形容一絲一毫也要計較。含吝嗇義。 【例】沒甚麼大不了的，就不要和他斤斤計較了。
小氣 xiǎo qi	吝嗇。也指心胸狹隘。 【例】他這人很小氣，你説話得小心點兒。
小心眼兒 xiǎo xīn yǎnr	小氣。也指度量小，沒氣魄。 【例】這個人太小心眼兒，別指望他掏錢。
一毛不拔 yī máo bù bá	拔一根汗毛而對天下有利的事都不肯幹。比喻極其吝嗇自私。 【例】那是個一毛不拔的人，怎麼會出贊助款呢？
錙銖必較 zī zhū bì jiào	對錙和銖這樣微小的量也要計較，形容過分盤算。錙：古代重量單位，一兩的四分之一。銖：一錙的六分之一。 【例】這間公司對職員的薪水錙銖必較，請個病假也要扣錢。

😃 貪心

詞語	解釋及例句
利令智昏 lì lìng zhì hūn	貪圖私利使頭腦發昏，喪失理智。貶義。 【例】他利令智昏，瘋狂斂財，最終落得個身敗名裂的下場。

詞語	解釋及例句
貪得無厭 tān dé wú yàn	貪心沒有滿足的時候。貶義。 〔例〕他貪得無厭，索賄受賄，最終被判終身監禁。
貪婪 tān lán	貪得無厭，不知滿足。多用於貶義。 〔例〕那個貪官太貪婪了，竟侵吞公款上千萬元。
貪贓枉法 tān zāng wǎng fǎ	貪財受賄，破壞法令。貶義。 〔例〕對一切貪贓枉法的官員，法律是絕不容情的。
惟利是圖 wéi lì shì tú	只貪圖財利，別的甚麼都不顧。貶義。 〔例〕經商也不能惟利是圖，還要講究個職業道德嘛！

☺ 魯莽

詞語	解釋及例句
暴躁 bào zào	粗暴；急躁。含貶義。 〔例〕他脾氣暴躁，這件事不能交給他去辦。
粗魯 cū lǔ	性格、行為等粗野魯莽；不文雅，沒禮貌。含貶義。 〔例〕他説話粗魯，顯得很沒有教養。
粗野 cū yě	舉止粗魯，沒有禮貌。貶義程度比「粗魯」重。 〔例〕他這人太粗野，你是讀書人，不要跟他一樣。

詞語	解釋及例句
急躁 jí zào	激動不安；不耐煩。 〔例〕小明的個性很急躁，很少見他有平心靜氣的時侯。
愣頭愣腦 lèng tóu lèng nǎo	形容魯莽、冒失的樣子。 〔例〕看着小男孩那愣頭愣腦的樣子，大家都笑了。
冒昧 mào mèi	言行冒失，不得體。常用作謙辭。 〔例〕您這麼忙，我還來打擾，實在冒昧。
冒失 mào shi	魯莽；輕率。也説「冒冒失失」。 〔例〕他辦事總是很冒失，令人放心不下。
輕舉妄動 qīng jǔ wàng dòng	未經慎重考慮，輕率地盲目行動。 〔例〕事關重大，切忌輕舉妄動。

🙂 守舊

詞語	解釋及例句
保守 bǎo shǒu	保持原狀，不肯改革。貶義。 〔例〕這個方案太保守了，應該更大膽一些。
抱殘守缺 bào cán shǒu quē	思想保守陳舊，不肯接受新的東西。貶義。 〔例〕如此抱殘守缺，不思進取，企業如何跟得上時代的腳步呢？

詞語	解釋及例句
固步自封 gù bù zì fēng	形容安於現狀，不求上進。固步：原來的步伐。封：限制住。貶義。也作「故步自封」。 〔例〕即使有了一些成就，也不能固步自封。
墨守成規 mò shǒu chéng guī	思想守舊，不求改進。墨守：戰國時的墨子善於守城，後稱善守者。成規：陳舊的規則。貶義。 〔例〕他們不墨守成規，銳意進取，終於取得了不俗的成就。
因循守舊 yīn xún shǒu jiù	沿襲舊的一套，不加以改變。貶義。 〔例〕如果公司還是因循守舊，就無法擺脫當前的困局。
迂腐 yū fǔ	言行拘泥於陳舊的準則，不適應當前的社會和時代。貶義。 〔例〕你的這種想法太迂腐了，應該學着接受新生事物。

😃 固執

詞語	解釋及例句
呆板 dāi bǎn	死板；不靈活。 〔例〕他這個人太呆板，這種事怕是應付不來。
機械 jī xiè	比喻死板、不知變通。 〔例〕我們不能機械地照搬別人的辦法，應該自己創出一條路來。

詞語	解釋及例句
僵化 jiāng huà	變得僵硬。比喻停滯不前。 〔例〕他思想如此僵化，怎麼適應新形勢呢？
拘泥 jū nì	固執，不知變通。略含貶義。 〔例〕你們別太拘泥於禮節，可以隨便一點兒。
刻板 kè bǎn	呆板而沒有變化。 〔例〕他這個人劃一不二，做事十分刻板。
木訥 mù nè	樸實遲鈍，不善言談。含死板的意思。 〔例〕他這人很木訥，不適合去市場部，還是換個部門吧。
食古不化 shí gǔ bù huà	指學了古代知識而不能真正理解和靈活運用。化：消化；理解。 〔例〕我們學習古代文化，目的在於古為今用，千萬不能食古不化。
頑固 wán gù	思想保守，不肯接受新鮮事物。貶義。 〔例〕那個老師的態度非常頑固，不會輕易改變自己的看法。
循規蹈矩 xún guī dǎo jǔ	原指遵守規矩，不輕舉妄動。現多形容一舉一動拘守舊規，不敢稍有變動。 〔例〕爸爸一輩子循規蹈矩，是個老實巴交的人。
一成不變 yī chéng bù biàn	一點兒也沒有變化。 〔例〕任何事情都不是一成不變的，你可以靈活處理啊！

詞語	解釋及例句
愚頑 yú wán	愚昧而又頑固。貶義。 〔例〕愚頑的劫匪企圖與人質同歸於盡，被警方的狙擊手一槍擊斃。
執迷不悟 zhí mí bù wù	堅持錯誤而不醒悟。貶義。 〔例〕如果你再堅持錯誤，執迷不悟，後悔就來不及了。
執着 zhí zhuó	佛教指對某一事物堅持不放，不能超脫。後泛指堅持不懈或固執、拘泥。 〔例〕他幾十年來執着於繪畫，現在終於取得了驕人的成績。
至死不悟 zhì sǐ bù wù	到死都不醒悟。形容極其頑固。貶義程度比「執迷不悟」重。 〔例〕他至死不悟，還認為是冤枉了他呢！

😦 狠毒

詞語	解釋及例句
殘暴 cán bào	殘忍；暴虐。貶義。 〔例〕殘暴不仁｜殘暴成性。
殘酷 cán kù	殘忍；冷酷。貶義。也用來形容現實環境的不如人意。 〔例〕現實是如此殘酷，他的病已經沒有甚麼希望了。
殘忍 cán rěn	狠毒。 〔例〕兇手手段十分殘忍。

詞語	解釋及例句
慘無人道 cǎn wú rén dào	殘暴得滅絕人性。形容極端狠毒殘暴。貶義。 〔例〕當年日軍侵佔南京時，虜掠淫殺，真是慘無人道。
毒辣 dú là	惡毒；殘忍。貶義。 〔例〕陰險毒辣｜手段毒辣。
惡毒 è dú	兇惡；毒辣。貶義。 〔例〕幸好有人識破了他那惡毒的謊言。
狠毒 hěn dú	兇狠；毒辣。貶義。 〔例〕手段狠毒｜心腸狠毒。
狠心 hěn xīn	心腸狠毒。含貶義。 〔例〕她居然狠心地拋棄自己的親生女兒！
口蜜腹劍 kǒu mì fù jiàn	口中有蜜，肚中有劍。比喻嘴甜心毒，狡猾陰險。貶義。 〔例〕初涉社會，最重要的是防備那些口蜜腹劍的偽君子。
狼心狗肺 láng xīn gǒu fèi	用來比喻心腸狠毒或忘恩負義。貶義。 〔例〕你這個狼心狗肺的東西，難道連父母的恩情都不顧了嗎？
險惡 xiǎn è	兇險；惡毒。 〔例〕用心險惡｜形勢險惡。
笑裏藏刀 xiào lǐ cáng dāo	比喻外表和氣而內心兇險狠毒。貶義。 〔例〕他的社會經驗很豐富，這種笑裏藏刀的人也騙不了他。

詞語	解釋及例句
心狠手辣 xīn hěn shǒu là	心腸兇狠，手段毒辣。貶義。 【例】敵人心狠手辣、罪行纍纍，我們絕不可以心慈手軟。
兇殘 xiōng cán	兇狠而又殘暴。貶義。 【例】兇殘成性｜兇殘的歹徒。
陰險 yīn xiǎn	表面和善，暗地包藏禍心。貶義。 【例】對於他陰險的招數，一定要小心提防。

😮 蠻橫

詞語	解釋及例句
霸道 bà dào	蠻橫不講理，任意妄為。貶義程度比「橫蠻」重。 【例】作風霸道｜橫行霸道。
不可理喻 bù kě lǐ yù	無法用道理使他明白。形容不開竅或蠻不講理。含貶義。 【例】這個人拗得很，不管怎樣勸說都不聽，真是不可理喻。
飛揚跋扈 fēi yáng bá hù	形容驕橫放肆，不受約束，目空一切。含貶義。 【例】這個人飛揚跋扈，目中無人，其他同學都不喜歡他。
驕橫 jiāo hèng	驕傲；專橫。含貶義。 【例】他狂妄驕橫，最終成了孤家寡人，誰都不理他了。

詞語	解釋及例句
蠻不講理 mán bù jiǎng lǐ	蠻橫不講道理。 【例】這種蠻不講理的人，你別理他。
潑辣 pō là	兇悍；不好惹。 【例】她個性潑辣，在班上是出了名的，千萬別惹她。｜作風潑辣。
窮兇極惡 qióng xiōng jí è	形容極端兇惡。貶義。 【例】這個殺人犯窮兇極惡，死有餘辜。
如狼似虎 rú láng sì hǔ	像虎狼那樣兇暴、殘忍。貶義。 【例】這些黑社會分子橫行霸道，如狼似虎，連警察也不放在眼裏。
兇殘 xiōng cán	兇惡殘暴。貶義。 【例】兇殘成性｜手段兇殘。
野蠻 yě mán	粗野；蠻橫。含貶義。 【例】這種野蠻的態度是不能容忍的。
專橫 zhuān hèng	專斷；蠻橫。含貶義。 【例】態度專橫｜作風專橫。

愚蠢

詞語	解釋及例句
笨 bèn	不機靈；不聰明。貶義。 【例】你這個人真笨。
笨拙 bèn zhuō	頭腦或動作不靈巧。多含貶義。 【例】他這個人看似笨拙，其實很聰明。

詞語	解釋及例句
遲鈍 chí dùn	人的頭腦、思想反應慢，不靈敏。略含貶義。 〔例〕別看他一副遲鈍的樣子，心裏卻很有打算。
蠢材 chǔn cái	笨人；蠢人。多用於罵人。貶義。 〔例〕説了這麼多遍，他還記不住我的名字，真是個蠢材。
傻瓜 shǎ guā	傻子。用於罵人、開玩笑或自嘲。 〔例〕他是個傻瓜。
傻頭傻腦 shǎ tóu shǎ nǎo	形容頭腦糊塗、不明事理的樣子。略含貶義。 〔例〕他傻頭傻腦的，就知道吃。
愚笨 yú bèn	頭腦不靈敏，不聰明。貶義。 〔例〕《西遊記》中的豬八戒，既有其愚笨的一面，也有其憨厚可愛的一面。
愚鈍 yú dùn	頭腦糊塗；思想不敏鋭；反應遲鈍。貶義。 〔例〕天資愚鈍。

冷漠

詞語	解釋及例句
不予理睬 bù yǔ lǐ cǎi	不加理睬。 〔例〕對於這種無中生有的誹謗，最好的辦法就是不予理睬。

詞語	解釋及例句
淡然 dàn rán	漠然；淡漠。 【例】淡然處之｜淡然一笑。
冷冰冰 lěng bīng bīng	（態度或語言）極冷淡。 【例】那位服務生冷冰冰的態度引起了顧客的不滿。
冷淡 lěng dàn	不熱情；不關心。程度比「冰冷」和「冷冰冰」輕。 【例】她雖然態度冷淡，但還算客氣。
冷若冰霜 lěng ruò bīng shuāng	像冰霜一樣冷冰冰的。比喻待人極冷淡，程度遠比「冷淡」重。 【例】見對方冷若冰霜，我們只好告辭了。
冷眼 lěng yǎn	冷淡的眼光。也指觀察事物時冷靜或冷淡的態度。 【例】冷眼相待｜冷眼旁觀。
漠不關心 mò bù guān xīn	形容對人對事冷淡，一點兒也不關心。 【例】這種家長真是少見，對自己孩子的學習居然漠不關心。
無動於衷 wú dòng yú zhōng	內心毫無觸動，對事情毫不在意。 【例】同學們都在討論週末郊遊的事，他卻無動於衷。
置之不理 zhì zhī bù lǐ	放在一邊不加理睬。 【例】你對這個病再置之不理，長久下去後果可就嚴重了。

人物篇 ▶

言語・行為

沉默

詞語	解釋及例句
沉默不語 chén mò bù yǔ	不說話。 〔例〕面對老師的質問，他只是低着頭，沉默不語。
緘默 jiān mò	閉口不說話。 〔例〕在別人問你隱私問題的時候，你有權保持緘默。
噤若寒蟬 jìn ruò hán chán	蟬到了秋寒季節就不再叫。形容不敢作聲。含貶義。 〔例〕媽媽只用眼角一瞄，我們馬上閉緊嘴巴，噤若寒蟬。
靜默 jìng mò	不說話；不出聲。多用來形容在人多場合，沒人說話，氣氛寧靜。 〔例〕全場靜默無聲，大家都為失去這樣一個好朋友而傷心。
默不作聲 mò bù zuò shēng	不說話，不出聲。一般有故意的意味。 〔例〕他明知事情的原因，卻默不作聲。
默默無語 mò mò wú yǔ	不說話，不出聲，一般無故意的意味。 〔例〕他倆都低着頭，默默無語地走回家。
守口如瓶 shǒu kǒu rú píng	形容說話謹慎或嚴守祕密，就像守住瓶口，輕易不肯往外倒一樣。 〔例〕為了全班的榮譽，他守口如瓶，對那件事隻字不提。

詞語	解釋及例句
無可奉告 wú kě fèng gào	沒有甚麼可以告訴的。不是沉默不語，而是公開聲稱不說。多用於外交或公開表示保守祕密的場合。 〔例〕關於我方下一步將採取甚麼措施，現在無可奉告。
鴉雀無聲 yā què wú shēng	連烏鴉和麻雀都不叫。多形容人多的場合很靜，沒有人作聲。 〔例〕紀念碑前人們靜靜地站着，整個廣場鴉雀無聲。
啞口無言 yǎ kǒu wú yán	沒有話說。多用於理屈詞窮，無言以對的場合。 〔例〕聽到他的反駁，對方只得啞口無言。
一言不發 yì yán bù fā	一句話不說。 〔例〕他似乎有甚麼心事，吃飯時低着頭一言不發。
隻字不提 zhī zì bù tí	一個字也不說。指對某件事知道但不說，並不是不說話。 〔例〕關於那件事他始終隻字不提。

說話

詞語	解釋及例句
嘀咕 dí gu	小聲說；私下裏說。 〔例〕老師在講課，你們還嘀咕甚麼？

詞語	解釋及例句
嘟囔 dū nang	（因不滿意）連續不斷地自言自語。 〔例〕因為他起牀晚了，媽媽嘟囔個沒完。
耳語 ěr yǔ	湊近別人的耳朵小聲説。 〔例〕他們耳語了幾句，一起離開了會場。
發言 fā yán	專指在會上發表意見。 〔例〕會議上大家踴躍發言，提出了很多可行的建議。
講話 jiǎng huà	説話。 〔例〕上課不要亂講話。
開口 kāi kǒu	張開嘴（説話）。 〔例〕你不開口，別人怎麼知道你想甚麼？
嘮叨 láo dao	囉囉嗦嗦，反反覆覆地説。 〔例〕媽，求求您別嘮叨了。
聊 liáo	隨便閒談。 〔例〕兩個人聊了半天，才知道他們原來畢業於同一所中學。
聊天兒 liáo tiānr	閒談；談天。 〔例〕夏天的傍晚，老人們在樹下聊天兒。
喊喊喳喳 qī qī chā chā	擬聲詞。形容細碎的説話聲。 〔例〕看他們喊喊喳喳的樣子，肯定是出了甚麼意想不到的事。
啟齒 qǐ chǐ	開口。多指向別人有所請求。 〔例〕這件事實在難於啟齒，還是算了吧。

詞語	解釋及例句
演說 yǎn shuō	在人多的場合就某個問題發表見解。 〔例〕就職演說｜競選演說。
自言自語 zì yán zì yǔ	自己跟自己説話。 〔例〕爺爺一個人在家，經常自言自語，他實在是很寂寞！

😮 叫喊

詞語	解釋及例句
哀鳴 āi míng	悲哀地叫。 〔例〕被逼到這種絕境，他不禁對天發出一聲哀鳴。
吵鬧 chǎo nào	大聲而雜亂地爭吵。 〔例〕外面的吵鬧聲擾亂了小紅的思路。
大聲疾呼 dà shēng jí hū	大聲呼喊，提醒人們注意。 〔例〕作者在書中大聲疾呼：救救我們的家園——地球！
喊叫 hǎn jiào	大聲叫。 〔例〕孩子們嚇得大聲喊叫起來。
吼叫 hǒu jiào	發怒時大聲叫。 〔例〕老虎吼叫着撲上去。
呼喊 hū hǎn	拉長聲喊叫。 〔例〕大聲呼喊｜呼喊口號。

詞語	解釋及例句
呼天搶地 hū tiān qiāng dì	大聲叫天，用頭撞地。形容極端痛苦地哭喊。 【例】受災者在呼天搶地，令人不忍聽下去。
歡呼 huān hū	歡樂地呼喊。 【例】喜訊傳來，人們大聲歡呼起來。
叫喚 jiào huan	呼喚；大聲喊叫。 【例】他被石頭砸到腳，疼得直叫喚。
叫嚷 jiào rǎng	喊叫。 【例】夜裏還有人大聲叫嚷，實在擾人清夢。
叫囂 jiào xiāo	大聲叫喊吵鬧。含貶義。 【例】半夜了，那些年輕人還在瘋狂叫囂。
狂吠 kuáng fèi	狗狂叫，借指瘋狂地叫喊（罵人的話）。含貶義。 【例】那人太不講理，你不要理會他的狂吠。
吶喊 nà hǎn	大聲喊叫。多指為助威而造成聲勢。 【例】吶喊助威｜搖旗吶喊。
怒號 nù háo	大聲叫喚。多形容大風。 【例】天空忽然烏雲密佈，狂風怒號。
咆哮 páo xiào	（猛獸）怒吼。也比喻人發怒時喊叫或水流奔騰轟鳴。 【例】洪水咆哮，沖毀了堤壩。
喧嘩 xuān huá	聲音大而雜亂。 【例】護士請他們不要在搶救病房外大聲喧嘩。

詞語	解釋及例句
仰天長嘯 yǎng tiān cháng xiào	臉朝天空長聲呼喊（表達內心的感慨、激憤）。 ［例］面對這不可收拾的局面，老人忍不住老淚縱橫，仰天長嘯。

😲 吹噓

詞語	解釋及例句
班門弄斧 bān mén nòng fǔ	比喻在行家門前賣弄本領。常作謙辭。班：魯班，中國古代有名的木匠。 ［例］叫我在您老人家面前畫畫兒，這不是班門弄斧嗎？
逞強 chěng qiáng	沒有能力卻硬要顯示能幹。 ［例］這孩子就愛逞強，即使是自己做不到的事，也不肯求人。
吹牛 chuī niú	説大話；誇口。含貶義。 ［例］他總喜歡吹牛，弄得説真話都沒人信了。
吹捧 chuī pěng	吹噓捧場。指一個人對另一個人的不符合實際的讚揚。含貶義。 ［例］互相吹捧｜肉麻的吹捧。
大吹大擂 dà chuī dà léi	比喻大肆宣揚，不着邊際地誇張或顯示。含貶義。 ［例］他總喜歡大吹大擂，所以別人都不相信他説的話。

詞語	解釋及例句
大話連篇 dà huà lián piān	説大話滔滔不絕。含貶義。 【例】他説話大話連篇，卻沒有甚麼實質內容。
大言不慚 dà yán bù cán	説大話而毫不感到難為情。多用於駁斥、嘲諷説大話的人。含貶義。 【例】小剛只是看了幾本書，就説自己「上知天文，下知地理」，真是大言不慚。
誇大其詞 kuā dà qí cí	指説話或寫文章時用語誇大，超過事實。含貶義。 【例】如此誇大其詞，恐怕對外界影響不好。
誇海口 kuā hǎi kǒu	漫無邊際地説大話。 【例】他到處誇海口，結果人人都不相信他。
誇誇其談 kuā kuā qí tán	説話或寫文章浮誇，不切實際。含貶義。 【例】喜歡誇誇其談的人，未必有甚麼真本事。
誇耀 kuā yào	炫耀自己。含貶義。 【例】成績剛剛好一點，就到處誇耀，這怎麼能進步呢？
賣弄 mài nong	故意在人前炫耀自己的本領。含貶義。 【例】賣弄學識｜賣弄小聰明。
危言聳聽 wēi yán sǒng tīng	故意誇大危險，説嚇人的話，使人聽了害怕。含貶義。 【例】他這樣危言聳聽，無非是想引起恐慌，大家不要相信。

詞語	解釋及例句
炫耀 xuàn yào	誇耀顯示。含貶義。 〔例〕他雖然考了全級第一名，但從不在人前炫耀。
言過其實 yán guò qí shí	說話誇張，與事實不符。含貶義。 〔例〕他說話總是言過其實，你不要太當真。
招搖 zhāo yáo	炫耀；張揚。含貶義。 〔例〕招搖過市｜到處招搖。
自吹自擂 zì chuī zì léi	自己吹喇叭，自己敲鼓。比喻自己吹捧自己。含貶義。 〔例〕他們在媒體上自吹自擂，說片子拍得如何如何好，但影片一公映就引起了一片批評之聲。
自誇 zì kuā	自己誇耀自己。程度比「自吹自擂」稍輕。含貶義。 〔例〕自誇其德｜王婆賣瓜，自賣自誇。

😃 勸告

詞語	解釋及例句
奉勸 fèng quàn	鄭重地勸告。多含警告義。 〔例〕我奉勸你一句，如果再固執己見，便會自食其果。
告誡 gào jiè	警告；勸誡。多指上對下，長對幼。 〔例〕諄諄告誡｜一再告誡。

詞語	解釋及例句
開導 kāi dǎo	以道理來啟發、引導。 【例】老師的開導使他堅定了學英語的信心。
苦口婆心 kǔ kǒu pó xīn	勸説時不辭勞苦，用心像慈祥的老太太一樣。形容懷着好心再三勸告。 【例】老師苦口婆心的勸告，終於使他回心轉意了。
勸誡 quàn jiè	勸告人改正或戒除缺點、錯誤，警惕未來。 【例】是大哥的勸誡，使我改掉了懶惰的壞毛病。
勸勉 quàn miǎn	勸告、開導並勉勵。 【例】這場球賽輸了後，隊員們互相勸勉，決心打好下一場比賽。
説服 shuō fú	用道理勸説開導，使人心服。 【例】只有講道理，才能説服別人。
調和 tiáo hé	排解糾紛，緩和矛盾，使雙方重歸於好。 【例】幸虧他從中調和，兩人才消了火。
調解 tiáo jiě	通過勸説或其他辦法，解決爭端。 【例】調解糾紛｜朋輩調解員。
游説 yóu shuì	勸説別人接受自己的意見。 【例】為了這次的大型活動，他們已經派人到處游説了。
忠告 zhōng gào	誠懇地勸告。 【例】我忠告你一句，千萬不要鋌而走險！

😊 議論

詞語	解釋及例句
高談闊論 gāo tán kuò lùn	空洞地、漫無邊際地大發議論。 〔例〕與其這樣高談闊論，不如開始動手做。
街談巷議 jiē tán xiàng yì	大街小巷人們的議論。 〔例〕從這些街談巷議可以聽到市民的心聲。
評價 píng jià	評定人或事物價值的高低。 〔例〕人們對這部小說的評價很高。
評論 píng lùn	評斷或議論。 〔例〕這件事請全班同學評論一下，從中吸取教訓。
評頭品足 píng tóu pǐn zú	泛指對人對事説長道短。 〔例〕你這樣對同學評頭品足，是一種不尊重別人的表現。
七嘴八舌 qī zuǐ bā shé	形容人多嘴雜，議論紛紛。 〔例〕大家七嘴八舌地發表意見。
説長道短 shuō cháng dào duǎn	議論他人的好壞是非。 〔例〕他這個人喜歡説長道短，同學都很討厭他。
説三道四 shuō sān dào sì	不負責任地談論他人的好壞是非。 〔例〕我們要堅信自己的能力，不要在意別人説三道四和冷嘲熱諷。

詞語	解釋及例句
談論 tán lùn	口頭交換對人或事物的看法。 〔例〕大家都在談論這場球賽。
討論 tǎo lùn	就某一問題交換意見以求得共識。 〔例〕這個問題請大家討論一下再做決定。
爭論 zhēng lùn	各執己見，互相辯論。 〔例〕這個問題在學術界已經爭論了很久，至今尚無定論。

責罵

詞語	解釋及例句
叱罵 chì mà	訓斥責罵。多指大聲責罵。 〔例〕她大聲叱罵着兒子，兒子害怕得放聲大哭。
斥責 chì zé	用嚴厲的言辭指出別人的錯誤或罪行。 〔例〕面對這種一針見血的斥責，他再也無法辯解了。
怪罪 guài zuì	責備；埋怨，甚至追查責任。 〔例〕不能把責任全都怪罪在一個組員身上。
怒罵 nù mà	憤怒地罵。 〔例〕一陣怒罵，他心頭的憤怒才稍稍平息。
批評 pī píng	對缺點和錯誤提出意見。 〔例〕他虛心接受了老師中肯的批評。

詞語	解釋及例句
破口大罵 pò kǒu dà mà	毫無顧忌地放開嗓門大罵。 【例】你這樣破口大罵，實在有失身份啊！
譴責 qiǎn zé	嚴正地斥責。用於較大的事件。 【例】這種侵略行徑遭到了全世界的譴責。
辱罵 rǔ mà	用惡毒的言語污辱謾罵。 【例】他無法忍受那種惡毒的辱罵，結果雙方吵了起來。
責備 zé bèi	批評；指責。程度比「斥責」輕。 【例】他的責備太不講情面，讓人接受不了。
責怪 zé guài	責備；埋怨。 【例】互相責怪有甚麼用？還是儘快想辦法補救吧。
指桑罵槐 zhǐ sāng mà huái	指桑樹罵槐樹。比喻表面上罵甲，實際上是在罵乙。 【例】你有意見就明説，不要指桑罵槐。
咒罵 zhòu mà	用惡毒的語言罵人。程度比「詛咒」重。 【例】那個潑婦在街上大聲咒罵，滿口都是髒話。
詛咒 zǔ zhòu	原指祈求鬼神加禍於所恨的人，今指咒罵，想讓所恨的人遭到災禍。程度遠比「斥罵」、「叱罵」重。 【例】家裏失竊後，奶奶不停地詛咒小偷。

🙂 教導

詞語	解釋及例句
誨人不倦 huì rén bú juàn	不知疲倦地對人進行教誨。 〔例〕老師這種誨人不倦的精神實在令人感動。
教化 jiào huà	教育感化。 〔例〕對犯罪的青少年要多做教化工作。
教誨 jiào huì	教育；教導。 〔例〕諄諄教誨｜他心裏牢記着母親的教誨。
教訓 jiào xùn	教育訓誡。有訓斥的意味。 〔例〕這種人該好好教訓他一頓。
教養 jiào yǎng	指教育培養。也指修養。 〔例〕教養子女｜這個人很有教養。
教育 jiào yù	教導培育。 〔例〕這個展覽很有教育意義。
開導 kāi dǎo	以道理勸導，使明白過來。 〔例〕在班主任的開導下，他終於意識到是自己錯了，並主動承認了錯誤。
啟迪 qǐ dí	開導；啟發。 〔例〕這本格言集非常好，能啟迪人們的智慧。
啟發 qǐ fā	闡明道理，引起對方聯想而有所領悟。 〔例〕老師在黑板上畫了一個圖形，以啟發大家的思路。

詞語	解釋及例句
勸導 quàn dǎo	規勸;開導。 〔例〕班長的勸導使他改變了看法。
身教 shēn jiào	用自己的行動教育別人。 〔例〕言傳身教 | 身教勝於言教。
循循善誘 xún xún shàn yòu	善於有步驟有方法地引導和啟發。 〔例〕警察循循善誘,終於使他理解了違反交通規則可能帶來的嚴重後果。
訓導 xùn dǎo	教訓。含教育義。 〔例〕在參加軍訓期間,連長的訓導給他留下了深刻的印象。
訓誨 xùn huì	教導。比「教誨」嚴格。用於長輩對晚輩或上對下。 〔例〕老師的訓誨,我們終身受用。
言傳身教 yán chuán shēn jiào	口頭上傳授,行動上示範。指用自己的行動去教育別人。 〔例〕父母的言傳身教,深深地影響孩子們的處事方式。
言教 yán jiào	以言辭去教育別人。 〔例〕當老師的不但要善於言教,還要注意身教。
因勢利導 yīn shì lì dǎo	順着趨勢,很好地引導。 〔例〕教練抓住時機,因勢利導,使大家很快克服了心理障礙,重新投入到比賽。

鼓勵

詞語	解釋及例句
鞭策 biān cè	用鞭和策趕馬；現在多用來比喻嚴格督促，使人進步。策：古代一種馬鞭子。 〔例〕老師和父母的鞭策，是他努力學習的動力。
鼓舞 gǔ wǔ	使增強信心或勇氣；使振奮。 〔例〕鼓舞人心｜鼓舞士氣。
激發 jī fā	激勵使人奮發。 〔例〕激發鬥志｜激發熱情。
激勵 jī lì	激發鼓勵。 〔例〕教練的一番話激勵着大家努力拚搏，勝出比賽。
獎勵 jiǎng lì	給予榮譽或財物來鼓勵。 〔例〕物質獎勵｜精神獎勵。
獎賞 jiǎng shǎng	對有功的或在競賽中獲勝者給予物質上的獎勵。 〔例〕我們應該對那些有傑出貢獻的科學家給予獎賞。
教唆 jiào suō	慫恿指使（別人做壞事）。含貶義。 〔例〕他因為教唆兒童犯罪而被判了重刑。
勉勵 miǎn lì	勸人努力；鼓勵。 〔例〕老師勉勵我們，要努力學習及培養良好品格。

詞語	解釋及例句
勸勉 quàn miǎn	勸導並勉勵。 〔例〕在哥哥的勸勉下，他恢復了學習英語的信心。
煽動 shān dòng	鼓動別人去做壞事。含貶義。 〔例〕我們要站穩立場，不受壞人的煽動。
慫恿 sǒng yǒng	鼓動別人去做（某事）。 〔例〕如果背後沒有人慫恿，以他的個性，肯定做不出這種事來。
推波助瀾 tuī bō zhù lán	比喻助長或促進事物的聲勢和發展，使擴大影響。多用於貶義。 〔例〕事情鬧得這麼大，你就別推波助瀾了。

讚賞

詞語	解釋及例句
褒獎 bāo jiǎng	表揚；獎勵。 〔例〕今年的畢業禮上，一大批優秀老師受到了褒獎。
表揚 biǎo yáng	用語言或文字公開表示讚揚。 〔例〕他在公司裏多次受到上司的表揚。
稱讚 chēng zàn	讚揚；叫好。 〔例〕他助人為樂的舉動受到大家的稱讚。
歌頌 gē sòng	用語言文字讚美頌揚。 〔例〕歌頌愛情 | 歌頌生活。

詞語	解釋及例句
喝彩 hè cǎi	大聲叫好。 【例】一首歌唱完，博得滿堂喝彩。
嘉獎 jiā jiǎng	稱讚並給予獎勵。 【例】他因工作出色受到了上級的嘉獎。
拍案叫絕 pāi àn jiào jué	拍着桌子稱讚。表示極其讚賞。 【例】他脫口而出，把下聯對得工整、奇妙，在場的人無不拍案叫絕。
賞識 shǎng shí	認識到其價值而予以重視和讚揚。 【例】他的處女作很得主編賞識。
頌揚 sòng yáng	歌頌；讚揚。 【例】頌揚豐功偉績。
推崇 tuī chóng	十分推重。含稱讚、敬佩義。 【例】他的詩深受讀者的推崇。
有口皆碑 yǒu kǒu jiē bēi	比喻人人稱讚。 【例】對於那些為香港作出重大貢獻的影視藝員，羣眾有口皆碑。
讚不絕口 zàn bù jué kǒu	不住嘴地稱讚。 【例】著名畫家對小學生畫展上的作品讚不絕口。
讚頌 zàn sòng	讚美；頌揚。 【例】我們讚頌這種公而忘私的精神。
讚歎 zàn tàn	稱讚。 【例】這部小說的人物活靈活現，情節引人入勝，令人讚歎。

詞語	解釋及例句
讚揚 zàn yáng	表揚；稱讚。程度比「讚頌」輕。 〖例〗他廉潔的作風受到社會大眾的讚揚。
讚譽 zàn yù	稱讚；誇獎。 〖例〗這個節目得到了觀眾的讚譽。

☺ 請求

詞語	解釋及例句
懇求 kěn qiú	誠懇地請求。程度比「懇請」重。 〖例〗這件事是我錯了，懇求您原諒。
乞求 qǐ qiú	請求人家給予。 〖例〗乞求施捨｜乞求寬恕。
強求 qiáng qiú	勉強要求。 〖例〗順其自然，不可強求。
請願 qǐng yuàn	採取集體行動要求政府或主管當局滿足某些願望。 〖例〗為爭取醫療改革，羣眾靜坐請願。
求告 qiú gào	央告別人幫助。 〖例〗求告無門｜四處求告。
求助 qiú zhù	請求幫助。 〖例〗老人突然暈倒在路上，大家只好打急救電話求助。

詞語	解釋及例句
央求 yāng qiú	央告懇求。 〔例〕爸爸經不住我的央求，終於答應帶我去看球賽了。
搖尾乞憐 yáo wěi qǐ lián	狗搖尾巴向主人討吃的可憐相。比喻卑躬屈膝向別人乞求憐憫。含貶義。 〔例〕如此搖尾乞憐，實在有失人格和尊嚴。

☺ 模仿

詞語	解釋及例句
仿效 fǎng xiào	模仿（別人的形式、方法）做。 〔例〕這款新車完全是我們自己設計生產的，沒有仿效外國那些同類型的名車。
模擬 mó nǐ	照現成的樣子學着做。 〔例〕模擬考試｜模擬飛行。
如法炮製 rú fǎ páo zhì	依照成法炮製藥劑。泛指照現成的方法辦事。 〔例〕那些奸商們又想如法炮製走私貨品，結果被海上緝私隊逮捕。
上行下效 shàng xíng xià xiào	上面的人怎樣行事，下面的人就學着怎樣做。多指不好的事。 〔例〕上行下效，你愛喝酒，你兒子也成了酒徒。

詞語	解釋及例句
效法 xiào fǎ	照着別人的方法去做。多指別人的長處。 〔例〕校長的處事和工作態度值得我們大家效法。
亦步亦趨 yì bù yì qū	比喻自己沒有主見，一味追隨別人。貶義。 〔例〕無論做甚麼都要有自己的主見，不能總是亦步亦趨跟在別人後面。
鸚鵡學舌 yīng wǔ xué shé	鸚鵡學人說話，常用來比喻毫無主見、人家怎麼說他也跟着怎麼說。貶義。 〔例〕他這篇言論純粹是鸚鵡學舌，沒有一點兒新意。
依樣葫蘆 yī yàng hú lu	照着葫蘆的樣子畫，比喻一味模仿。 〔例〕這個計劃沒有創新之處，完全是依樣葫蘆。
照貓畫虎 zhào māo huà hǔ	照着貓畫老虎，比喻按照相似的去模仿。有時用作自謙。 〔例〕你這樣照貓畫虎是很難提高水平的，你應該獨創新路才行啊！

☺ 幫助

詞語	解釋及例句
幫忙 bāng máng	幫助別人做事，泛指在別人困難的時候給予幫助。 〔例〕這件事還需要大家幫忙。

詞語	解釋及例句
扶持 fú chí	扶助；護持。 〔例〕哥哥常說，沒有爸爸的扶持，他不可能考上香港大學。
扶助 fú zhù	幫助。「扶持」多有上對下的含義，「扶助」則是一種平等關係的幫助。 〔例〕出門在外，我們有義務扶助殘疾人士。
協助 xié zhù	輔助；幫助。 〔例〕在其他班級協助下，我們最終也完成了任務。
協作 xié zuò	指雙方或多方互相配合完成任務。 〔例〕兩個班的同學互相協作，完成了任務。
贊助 zàn zhù	贊同並幫助。多指出資幫助。 〔例〕沒有商業機構的贊助，這個運動會也搞不成。
支持 zhī chí	給予鼓勵或贊助。 〔例〕爸爸非常支持我參加業餘繪畫小組。
支援 zhī yuán	用人力、物力、財力或其他實際行動去支持和幫助。 〔例〕他打算到四川支援地震災區的人民。
周濟 zhōu jì	對經濟上有困難的人給予物質上的幫助。 〔例〕他願意捐出一筆款項以周濟災民。
助人為樂 zhù rén wéi lè	以幫助人為樂事。 〔例〕助人為樂的精神，應該發揚光大。

詞語	解釋及例句
助長 zhù zhǎng	幫助增長。多指壞的方面。 〔例〕媒體不應助長隨意侵犯別人私隱等不良風氣。
資助 zī zhù	用錢或物品來幫助。 〔例〕他資助一名孤兒完成了學業。

☺ 拒絕

詞語	解釋及例句
駁回 bó huí	不允許（請求）或不採納（建議）。 〔例〕他的不合理要求被駁回了。
辭謝 cí xiè	客氣地拒絕；不接受。 〔例〕張老師辭謝了學生家長的宴請。
推辭 tuī cí	拒絕；推掉。 〔例〕他藉故推辭了對方的聘請。
推卻 tuī què	拒絕；推辭。 〔例〕學校請作家去講寫作課，他雖然很忙，但沒有推卻。
推卸 tuī xiè	不肯承擔（責任）。 〔例〕這場事故的責任，你是無法推卸的。
謝絕 xiè jué	婉辭拒絕。 〔例〕這所古建築已改為私人地方，謝絕參觀。

吃

詞語	解釋及例句
饞涎欲滴 chán xián yù dī	嘴饞得口水都快要流下來了。形容十分貪吃。 〖例〗蛋糕還沒切好，喬喬就饞涎欲滴了，那樣子逗得全家哈哈大笑。
饞嘴 chán zuǐ	看見好的食物就想吃；專愛吃好的。 〖例〗這孩子饞嘴，看見好吃的就不肯走開。
充飢 chōng jī	解餓。指吃東西。 〖例〗沒有充飢的東西，他餓得肚子咕咕叫。
垂涎三尺 chuí xián sān chǐ	因想吃而流口水。多用來形容看見別人的好東西眼紅，妄圖據為己有。 〖例〗他對那筆財產早就垂涎三尺，現在終於想辦法弄到手了。
飢不擇食 jī bù zé shí	餓急了甚麼都可以吃，顧不上選擇食物。比喻需要急迫時，來不及選擇。 〖例〗沒書看也不可以看這種書啊，這不是飢不擇食嗎？
進餐 jìn cān	吃飯。 〖例〗晚上他和大家一起進餐時，精神已經顯得好多了。
嗑 kè	咬開有殼或硬的東西。 〖例〗嗑瓜子。
啃 kěn	一點點咬硬的東西。 〖例〗啃骨頭。

詞語	解釋及例句
狼吞虎嚥 láng tūn hǔ yàn	像狼虎那樣吞嚥食物。形容吃東西又猛又急的樣子。 〔例〕小伙子是餓急了，一大碗飯狼吞虎嚥地就沒了。
品嘗 pǐn cháng	吃一點兒，並仔細辨別滋味。 〔例〕主人拿出自己釀的酒，請大家品嘗。
食用 shí yòng	做食物用；可以吃的。 〔例〕這種蘑菇沒問題，可以食用的。
舔 tiǎn	用舌頭接觸東西或取食物。 〔例〕小狗真是餓了，把盆子舔得乾乾淨淨。
吞食 tūn shí	吃東西時整個或大塊地嚥下。 〔例〕那隻雞被老虎眨眼功夫就吞食了。
細嚼慢嚥 xì jiáo màn yàn	形容吃飯時嚼得細碎，吃得穩穩當當。 〔例〕你的腸胃功能不好，吃飯應該注意細嚼慢嚥。

 # 喝

詞語	解釋及例句
暢飲 chàng yǐn	暢快地喝。 〔例〕十幾年沒見的老同學來了，我們開懷暢飲，一直到深夜。
獨酌 dú zhuó	一個人獨自飲酒。 〔例〕李白詩有「花間一壺酒，獨酌無相親」。

詞語	解釋及例句
對酌 duì zhuó	兩人相對飲酒。 〔例〕爺爺和張伯對酌，喝得有滋有味。
豪飲 háo yǐn	放開酒量痛飲。程度比「痛飲」重。 〔例〕老同學幾年沒見了，見面免不了豪飲一番。
痛飲 tòng yǐn	痛痛快快地喝酒。 〔例〕官司打贏了，我們要痛飲一番。
自斟自飲 zì zhēn zì yǐn	自己倒酒自己喝。形容一個人喝酒的情景。 〔例〕奶奶去世後，爺爺常自斟自飲，以排遣思念之情。

打

詞語	解釋及例句
鞭策 biān cè	用鞭和策趕馬。現在多用來比喻嚴格督促，使人進步。 〔例〕老師和父母的鞭策，是他努力學習的動力。
抽打 chōu dǎ	指用撣子或毛巾在衣物上打，使去掉塵土。同「抽」。 〔例〕狂風暴雨像鞭子一樣抽打着大地。
捶打 chuí dǎ	用拳頭或器具撞擊物體。 〔例〕他懊惱得不停捶打着牆壁。

詞語	解釋及例句
打擊 dǎ jī	敲打；撞擊。現多用其引申義，表示攻擊，使受挫折。 〔例〕海關致力打擊銷售假冒偽劣商品的行為。
大打出手 dà dǎ chū shǒu	形容野蠻地打人逞兇。 〔例〕本來是一場足球友誼賽，結果雙方竟大打出手，不歡而散。
毒打 dú dǎ	毒辣、猛烈地打（人或牲畜）。 〔例〕被毒打一頓。
擊打 jī dǎ	打。 〔例〕拳王準確兇猛的擊打，很快就使對手敗下陣來。
拷打 kǎo dǎ	（用刑）打。 〔例〕現在審訊犯人，不像古代那樣可以嚴刑拷打。
敲 qiāo	在物體上面打，使發出聲音。 〔例〕敲鼓｜敲鑼｜敲門。
拳打腳踢 quán dǎ jiǎo tī	用拳頭打，用腳踢。形容打得很厲害。 〔例〕那些人對一個小學生拳打腳踢，令人憤慨極了！
揍 zòu	打。 〔例〕小孩子不懂事要多教育他，不能伸手就揍。

😮 破壞

詞語	解釋及例句
摧毀 cuī huǐ	用強力徹底破壞。 【例】地震摧毀了城市。
毀掉 huǐ diào	毀壞除掉。多是有意識的行為。 【例】戰爭中，許多有價值的文物被毀掉，十分可惜。
毀滅 huǐ miè	徹底地破壞；消滅。程度比「毀掉」重。 【例】一些大國擁有核武器，足以毀滅世界。
燒毀 shāo huǐ	焚燒毀壞。 【例】一場大火燒毀了整棟樓房。
撕毀 sī huǐ	撕破毀掉。 【例】暴怒之下，他撕毀了那張照片。
損壞 sǔn huài	損害；破壞。 【例】不要損壞公物。
銷毀 xiāo huǐ	毀掉或燒掉（物品）。 【例】歹徒企圖銷毀證據，幸好警方及時趕到，將他逮捕。
砸 zá	用沉重的東西對準物體撞擊；沉重的東西落在物體上。 【例】歹徒先是砸了門，然後衝進去搶掠。
糟蹋 zāo tà	浪費；損壞。貶義。 【例】你這繪畫水平，簡直是糟蹋紙張。

☺ 奔跑

詞語	解釋及例句
奔馳 bēn chí	很快地跑。多用於交通工具。 〔例〕列車奔馳。
奔走 bēn zǒu	跑；急走。多用來比喻為一定目的而到處活動。 〔例〕為了推銷今年新出版的書籍，他四處奔走。
馳騁 chí chěng	（騎馬）奔馳。也形容奔騰活躍。 〔例〕廣闊天地任我馳騁。
衝刺 chōng cì	跑步、滑冰、游泳等體育競賽中臨近終點時用盡全力向前衝。 〔例〕最後衝刺階段，他超越所有對手奪得了冠軍。
飛奔 fēi bēn	像飛一樣跑。用於人、動物、車馬等。 〔例〕列車在飛奔。｜一放學，他就飛奔回家做功課。
飛馳 fēi chí	極快地跑。不用於人，只用於車馬等。 〔例〕汽車飛馳｜駿馬飛馳。
疾步 jí bù	快步。 〔例〕疾步如飛｜疾步向前。
快跑 kuài pǎo	迅速地跑。 〔例〕時間不多了，不快跑就來不及了。
狂奔 kuáng bēn	用盡力氣快跑。 〔例〕一路狂奔，他終於逃出了險境。

☺ 停止

詞語	解釋及例句
罷手 bà shǒu	住手；停止。 〔例〕看看實在沒有成功的希望，大家只好罷手。
罷休 bà xiū	停止做。 〔例〕不獲全勝，決不罷休。
遏止 è zhǐ	用力阻止。 〔例〕洪流不可遏止｜心中的怒火不可遏止。
擱置 gē zhì	停止進行；放在那兒暫且不管。 〔例〕經過幾次討論也沒有結果，只好把最棘手的問題先擱置起來。
結束 jié shù	事物發展到最後階段，不再繼續。 〔例〕他的演講結束了。
截止 jié zhǐ	到一定時期停止。 〔例〕參評作品到本月二十日截止。
停留 tíng liú	留下來，暫時不繼續前進。 〔例〕因為在香港停留了兩天，到達北京時展覽會已經開幕了。
停滯 tíng zhì	因受阻而不能順利進行。 〔例〕停滯不前就等於落後。
止息 zhǐ xī	停止。多指聲音。 〔例〕音樂止息，大幕垂下，全場觀眾才戀戀不捨地離去。

詞語	解釋及例句
終結 zhōng jié	（事情）最後結束。 〔例〕會議終結時，大家互相贈送了紀念品。
終止 zhōng zhǐ	結束；完畢。 〔例〕大獎賽報名已經終止了，你明年再來吧。
住手 zhù shǒu	停止做某事。 〔例〕如果你們再不住手，我可要報警了。
阻止 zǔ zhǐ	使停止。 〔例〕對於孩子沉迷手機遊戲，簡單阻止不是辦法，而應該加以正確引導。

☺ 等候

詞語	解釋及例句
等待 děng dài	不採取行動，等着所期望的人、事情或情況出現。 〔例〕等待機會｜等待行動。
恭候 gōng hòu	恭敬地等候。敬辭。 〔例〕嘉賓一下車，發現校長已經恭候在門口了。
期待 qī dài	期望；等待。 〔例〕全家人期待哥哥早日學成歸來。
期盼 qī pàn	期待；盼望。多指比較具體的目標。 〔例〕我小時候總是期盼新年的到來。

詞語	解釋及例句
期望 qī wàng	對人或事有所希望和等待。比「期盼」的目標更遠、更大。 〔例〕我們要好好學習，不辜負家長的期望。
拭目以待 shì mù yǐ dài	擦亮眼睛等候。形容殷切期望或等待某種事情的實現。 〔例〕對於學生會選舉結果，我們拭目以待。
守株待兔 shǒu zhū dài tù	有一個農民，偶然看見一隻兔子撞上樹樁而死，他於是便放棄農田，天天守在樹樁旁，等待再有兔子來撞死。比喻妄想不勞而獲或死守狹隘觀念不知變通。 〔例〕老師經常告誡我們，以守株待兔的態度來學習，是不會有收穫的。
伺機 sì jī	觀察守候，等待機會。 〔例〕不能輕舉妄動，要伺機採取行動。
嚴陣以待 yán zhèn yǐ dài	以嚴整的陣勢等待（來犯的敵人）。 〔例〕面對強勁的對手，我方嚴陣以待，絲毫不敢鬆懈。
枕戈待旦 zhěn gē dài dàn	枕着武器等待天明。形容時刻警惕，隨時準備作戰。戈：古代一種兵器。 〔例〕戰士們在坑道裏枕戈待旦，準備第二天與敵人決一死戰。
坐以待斃 zuò yǐ dài bì	坐着等死。形容處在極端困難的情況下，也不積極想辦法、找出路。含貶義。 〔例〕我們不能坐以待斃，必須改變戰術，衝破對方防守，才能反敗為勝。

😊 尋找

詞語	解釋及例句
訪求 fǎng qiú	探訪；尋求。 【例】他為了出版一本有關民間藝術的書，到處訪求民間藝人。
考究 kǎo jiū	考察；研究。也指講究。 【例】衣着考究｜做工考究｜他的工作是考究古代文物。
搜尋 sōu xún	到處尋找。 【例】海難已發生一週了，救援人員仍在失事海域搜尋失蹤者。
探究 tàn jiū	探索；研究。 【例】探究來龍去脈｜探究事故原因。
探索 tàn suǒ	多方探尋答案，解決疑問。多用於抽象事物。 【例】科學家不斷探索宇宙的奧祕。
物色 wù sè	尋找；挑選。 【例】他為公司積極物色合作對象。
尋覓 xún mì	尋找；尋求。 【例】他到處尋覓，終於找到了理想的住處。
尋求 xún qiú	尋找追求。多用於抽象事物。 【例】尋求真理｜尋求出路｜尋求保護。
追根溯源 zhuī gēn sù yuán	追尋事物發展的根基和源頭。 【例】我們在學習時應追根溯源，主動尋找答案。

景物篇

自然・氣象

☁ 天空

詞語	解釋及例句
碧空 bì kōng	青藍色的天空。 〔例〕昨夜下了一場雨，今晨碧空如洗，萬里無雲。
蒼天 cāng tiān	天。古人常以此指主宰人命運的天神。 〔例〕蒼天啊，你睜睜眼吧！
長空 cháng kōng	遼闊無際的天空。 〔例〕長空萬里。
九霄 jiǔ xiāo	極高的天空。 〔例〕只要一玩起來，他就把媽媽的吩咐拋到了九霄雲外。
晴空 qíng kōng	指晴朗的天空。 〔例〕晴空萬里，陽光普照。
星空 xīng kōng	夜晚星光閃爍的天空。 〔例〕星空燦爛｜仰望星空。
雲霄 yún xiāo	極高的天空。 〔例〕響徹雲霄｜直上雲霄。

☁ 太陽

詞語	解釋及例句
殘照 cán zhào	落日的光輝。 〔例〕夜幕吞沒了最後一縷殘照，村莊漸漸寂靜下來。

詞語	解釋及例句
晨光 chén guāng	早晨的太陽光。 〔例〕晨光熹微，雄雞就啼唱起來。
晨曦 chén xī	同「晨光」，早晨的太陽光。 〔例〕太平山頂的晨曦很美。
春暉 chūn huī	春天的陽光。常用來比喻父母的恩惠。 〔例〕恩如春暉，永銘肺腑。
紅日 hóng rì	紅通通的太陽。 〔例〕海面上一輪紅日冉冉升起，甲板上的人們不由地歡呼起來。
驕陽 jiāo yáng	灼熱的陽光。 〔例〕頭上驕陽似火，炙烤得人無處藏身。
烈日 liè rì	指炎熱的太陽。 〔例〕烈日當空｜烈日炎炎。
落日 luò rì	即將落下地平線的太陽。 〔例〕唐詩有「大漠孤煙直，長河落日圓。」
曙光 shǔ guāng	清晨的陽光。常用來比喻美好的前景。 〔例〕黑夜即將過去，曙光就在前頭。
夕陽 xī yáng	傍晚的太陽。 〔例〕夕陽西下｜夕陽無限好，只是近黃昏。
霞光 xiá guāng	陽光穿透雲霧射出的彩色光芒。 〔例〕太陽初升，霞光萬道。
斜陽 xié yáng	傍晚時西斜的太陽。 〔例〕斜陽夕照，漁舟唱晚。

詞語	解釋及例句
旭日 xù rì	剛出來的太陽。 【例】旭日東升，霞光萬丈。
餘暉 yú huī	表示太陽快要落盡時的光輝。 【例】太陽收盡了最後一縷餘暉，天黑下來了。
朝陽 zhāo yáng	初升的太陽。 【例】小明迎着朝陽上學去。

☁ 月亮

詞語	解釋及例句
嬋娟 chán juān	指月亮。 【例】但願人長久，千里共嬋娟。
皓月 hào yuè	明亮潔白的月亮。 【例】中秋之夜，皓月當空，我們一家人到公園賞月。
皎月 jiǎo yuè	白而亮的月亮。 【例】一輪皎月升上夜空。
滿月 mǎn yuè	多指農曆每月十五、十六的月亮。也叫「望月」、「圓月」。 【例】一輪滿月，遍灑清輝。
清輝 qīng huī	清純的月光。 【例】月亮把清輝灑遍人間，千家萬戶團聚在中秋之夜。

詞語	解釋及例句
新月 xīn yuè	農曆月初,形狀如鈎的月亮。 〔例〕一彎新月羞羞答答,像新娘子的眼睛。
月宮 yuè gōng	傳說中月亮的宮殿,即嫦娥奔月居住的廣寒宮。後用來代稱月亮。 〔例〕傳說月宮有嫦娥、玉兔和桂樹。
月牙兒 yuè yár	即新月。 〔例〕她的眼睛笑起來像天上彎彎的月牙兒。
月暈 yuè yùn	環繞在月亮周圍的光圈。 〔例〕爺爺說,出現月暈,就是要颳大風了。

☁ 星星

詞語	解釋及例句
北斗 běi dǒu	指北斗星。大熊星座的七顆星,在北方天空排列成勺形(像古代斗的形狀)。常用來比喻受景仰的人物。 〔例〕他是功夫界的泰山北斗,大家都很景仰他。
星辰 xīng chén	天上星星的總稱。 〔例〕日月星辰。
星斗 xīng dǒu	天上的星星。 〔例〕我一抬頭,看見滿天星斗,發出一聲讚歎。

詞語	解釋及例句
星空 xīng kōng	羣星閃爍的天空。 【例】星空燦爛｜仰望星空。
星座 xīng zuò	天文學家將星空劃為許多區域，稱星座，多以人物或動物的名稱命名。 【例】北斗七星屬於大熊星座。
銀河 yín hé	夜空顯現出的雲狀光帶，由眾多恆星組成。俗稱「天河」。 【例】李白詩有「飛流直下三千尺，疑是銀河落九天」。

山

詞語	解釋及例句
崇山峻嶺 chóng shān jùn lǐng	高而險峻的大山。 【例】列車在崇山峻嶺間穿行。
頂峯 dǐng fēng	山的最高處。 【例】歷盡千辛萬苦，他們終於登上了頂峯。
絕壁 jué bì	極陡峭無法攀援的山崖。 【例】海邊就是險峻的絕壁，這令他們很難上岸。
嶺 lǐng	泛指大小山脈或山丘、沙丘。 【例】秦嶺｜沙嶺｜大興安嶺。

詞語	解釋及例句
峭壁 qiào bì	像牆一樣陡的山崖。 〔例〕山路一側是峭壁，另一側是懸崖，司機必須萬分小心。
丘陵 qiū líng	連綿成片的小山。 〔例〕這個地方被丘陵環繞，風景宜人。
山坳 shān ào	山谷。 〔例〕山坳裏只有十幾戶人家。
山岡 shān gāng	不高的小山包。 〔例〕山岡上有一片小樹林。
山谷 shān gǔ	兩山之間狹窄而低凹的地方。 〔例〕山谷間有一條小溪蜿蜒流淌。
山腳 shān jiǎo	山下部接近平地的地方。 〔例〕山腳下有一座小木屋。
山麓 shān lù	山腳。 〔例〕他的家在天山山麓。
山巒 shān luán	連綿的山。 〔例〕山巒起伏，雲遮霧罩。
山脈 shān mài	成行列的羣山。山勢向一定方向延展，有如脈絡，所以叫山脈。 〔例〕太行山脈｜崑崙山脈。
山腰 shān yāo	山腳到山頂之間大約中部的地方。 〔例〕部隊決定在山腰駐紮下來。

詞語	解釋及例句
山嘴 shān zuǐ	伸出去的山腳的尖端。 〔例〕山嘴突兀地長出一棵松樹。
懸崖 xuán yá	高而陡的山崖。 〔例〕羊腸小道在懸崖峭壁中穿行。
嶽 yuè	高大的山。 〔例〕三山五嶽。
嶂 zhàng	直立像屏障的山峯。 〔例〕層巒疊嶂。

 # 水

詞語	解釋及例句
滄海 cāng hǎi	大海。滄：青綠色。 〔例〕滄海桑田｜滄海橫流，方顯英雄本色。
分水嶺 fēn shuǐ lǐng	兩個流域之間的山嶺或高地。常用來比喻不同事物的分界。 〔例〕那場比賽可以說是決定球隊命運的分水嶺。
公海 gōng hǎi	不受沿海國家管轄的、各國都可以航行的海域。又稱「國際海域」。 〔例〕公海上有一艘輪船發出求援信號。
海域 hǎi yù	指海洋的一定範圍，包括水面和水底。 〔例〕近海海域｜黃海海域。

詞語	解釋及例句
河川 hé chuān	大小江河的統稱。 【例】水鄉澤國，河川遍佈。
河牀 hé chuáng	河流所經過的凹地，被河水淹沒的地方。 【例】由於乾旱，河牀的大部分都裸露出來。
河谷 hé gǔ	河流所經過的狹長凹道。 【例】在雨季，山洪暴發，河水猛漲，給河谷地區造成可怕的水災。
河套 hé tào	圍成大半個圈的河道。也指這樣的河道圍住的地方。 【例】河套地是最肥沃的土地。
湖泊 hú pō	大小湖的總稱。 【例】江南水鄉，湖泊遍佈。
澗 jiàn	夾在兩山間流水的溝。 【例】澗水奔流。
江河 jiāng hé	在大陸上流動的較大的水流，水中不含鹽分。 【例】不廢江河萬古流。
噴泉 pēn quán	水向上噴射的泉。 【例】一股清新的水流從噴泉中心湧出。
渠 qú	指人工開的河道和水溝。 【例】開山挖渠，引水灌溉。
泉水 quán shuǐ	從地下自然流出的水。 【例】山中綠樹成陰，泉水淙淙，風景優美。

詞語	解釋及例句
上游 shàng yóu	河流接近源頭的地方。 【例】上游一座化工廠排放的污水，造成了下游的污染。
深淵 shēn yuān	很深的水。 【例】汽車在盤山道上艱難行駛，稍有不慎，就會滾下萬丈深淵。
潭 tán	深水坑。 【例】李白詩有「桃花潭水深千尺，不及汪倫送我情」。
塘 táng	水池。 【例】荷塘｜葦塘｜爛泥塘。
溫泉 wēn quán	水溫超過攝氏 20 度低於 45 度的泉水。也有的把水溫超過當地年平均氣溫的泉稱為溫泉。 【例】據說泡溫泉對身體有好處。
溪 xī	山裏的小河溝。 【例】溪水奔流｜小溪從山岩間流下。
下游 xià yóu	河流接近出口的地方。 【例】長江越到下游，江面就越寬闊了。
沼澤 zhǎo zé	水草茂密的濕地。 【例】前方一片沼澤地，我們只好繞道而行。
支流 zhī liú	流入幹流的河流。 【例】嘉陵江是長江的一條支流。

風

詞語	解釋及例句
暴風 bào fēng	猛烈的風。 【例】暴風驟雨，電閃雷鳴。
北風 běi fēng	指冬天的風，一般從北方吹來。 【例】北風呼嘯。
春風 chūn fēng	春天的風。 【例】春風送暖｜春風和煦。
東風 dōng fēng	指春風。 【例】東風勁吹。
和風 hé fēng	温和的風。 【例】和風細雨式的談話使他開啟了心扉。
疾風 jí fēng	急劇猛烈的風。 【例】疾風暴雨｜疾風知勁草。
金風 jīn fēng	秋天的風。 【例】金風送爽，豐收在望。
颶風 jù fēng	風力在十二級以上的大風，破壞力極大。 【例】一場颶風令那個海邊小鎮瘡痍滿目。
逆風 nì fēng	跟行進方向相反的風。 【例】逆風行船，不進則退。
清風 qīng fēng	涼爽的風。 【例】清風徐來，水波不興。

詞語	解釋及例句
西風 xī fēng	深秋的風。 〔例〕李清照詞有「簾捲西風，人比黃花瘦」。
陰風 yīn fēng	陰冷的風。 〔例〕陰風怒號。

浪

詞語	解釋及例句
碧波 bì bō	青綠色的波浪。一般表示清水池塘微小的波紋。 〔例〕碧波蕩漾｜碧波萬頃。
波濤 bō tāo	大波浪。 〔例〕輪船在波濤洶湧的大海上破浪前進。
驚濤駭浪 jīng tāo hài làng	驚人的大風浪。也用來比喻險惡的環境和經歷。 〔例〕考察船要穿越太平洋，必須經受無數驚濤駭浪的考驗。｜商場如戰場，一個企業家要經受商場驚濤駭浪的錘煉。
巨瀾 jù lán	巨大的波浪。常用來比喻大的社會變革。 〔例〕海上的巨瀾打得輪船搖搖晃晃，許多人都暈船了。｜世界經濟一體化是不可逆轉的巨瀾。
漣漪 lián yī	細小的波紋。 〔例〕微風一吹，湖面蕩起了層層漣漪。

詞語	解釋及例句
怒濤 nù tāo	指洶湧的波濤。 〔例〕怒濤拍岸。
軒然大波 xuān rán dà bō	洶湧澎湃的大波浪。比喻大的風波或糾紛。軒然：波濤高高湧起的樣子。 〔例〕他的言論在學校引起了軒然大波。

雨

詞語	解釋及例句
暴雨 bào yǔ	大而急的雨。 〔例〕暴雨如注｜暴雨傾盆。
及時雨 jí shí yǔ	應時的好雨。一般對農作物而言。 〔例〕正是耕種季節，一場及時雨，讓農民們喜笑顏開。
雷陣雨 léi zhèn yǔ	伴有雷電的陣雨。 〔例〕雷陣雨過後，太陽出來了。
毛毛雨 máo mao yǔ	水滴極小，不能形成雨絲的小雨。 〔例〕這種毛毛雨，不用帶雨傘。
梅雨 méi yǔ	指長江中下游一帶黃梅成熟時連續下的雨。 〔例〕梅雨季節，到處都濕漉漉的。
牛毛雨 niú máo yǔ	雨絲細密的小雨。 〔例〕天空下起了牛毛雨。

詞語	解釋及例句
傾盆大雨 qīng pén dà yǔ	像從盆傾倒出一樣的大雨。指特別大的雨。 〔例〕這樣的傾盆大雨，今年還是第一次下。
酸雨 suān yǔ	人類活動排入大氣中的酸性氣體，在空氣中氧化，並在適當條件下形成的酸度較高的降水。 〔例〕酸雨越來越頻繁，它提醒人類，地球的環境正在一天天惡化。
霪雨 yín yǔ	連綿不斷的過量的雨。也作「淫雨」。 〔例〕霪雨成災。

 雪

詞語	解釋及例句
暴風雪 bào fēng xuě	大而急的風雪。 〔例〕暴風雪造成內蒙古東部受災，各地正源源不斷地運去救災物資。
殘雪 cán xuě	冬天過去時尚未融化的雪。 〔例〕殘雪消融，溪流潺潺。
初雪 chū xuě	入冬後第一次下的雪。 〔例〕初雪落過，正是打獵的好季節。
鵝毛大雪 é máo dà xuě	形狀如鵝毛大而輕的雪。 〔例〕天上飄下了鵝毛大雪，像仙女翩翩起舞。

詞語	解釋及例句
飛雪 fēi xuě	在空中飄着的雪。 〔例〕飛雪迎春｜漫天飛雪。
積雪 jī xuě	堆積起來沒有融化的雪。 〔例〕北方的城市常因積雪過厚而導致交通阻塞。
瑞雪 ruì xuě	應時的好雪。 〔例〕瑞雪兆豐年。
雪花 xuě huā	指空中飄落的雪，形狀像花。 〔例〕雪花在空中飛舞，大地披上了銀裝。
雪片 xuě piàn	飛舞的雪花。 〔例〕盛典舉行前，各界的賀電像雪片般飛來。

 # 雲

詞語	解釋及例句
白雲 bái yún	白色雲朵。 〔例〕空中飄着朵朵白雲。｜遠遠望去，山坡上的羊羣如白雲落地。
彩雲 cǎi yún	彩色的雲。 〔例〕雨後初霽，彩雲滿天。
殘雲 cán yún	剩餘的、將盡的雲。 〔例〕天邊一抹殘雲，被晚霞映得通紅。

詞語	解釋及例句
浮雲 fú yún	空中飄浮的雲。 【例】他望着片片東去的浮雲，心中不禁湧起縷縷鄉愁。
黑雲 hēi yún	指濃重的烏雲。常出現在雨前。 【例】暴雨將至，天空黑雲翻滾。
烏雲 wū yún	黑雲。 【例】烏雲密佈，遮住了陽光。
陰雲蔽日 yīn yún bì rì	烏雲遮住了太陽。蔽：遮擋；蓋住。 【例】陰雲蔽日，光線很差。
雲彩 yún cǎi	雲。 【例】頭上飄過一塊棉絮般的雲彩。
雲端 yún duān	雲裏。 【例】直上雲端｜響徹雲端。
雲海 yún hǎi	指雲多而厚，濃密得像海洋一樣。 【例】從飛機上往下看，只見一片雲海茫茫。

☁ 霧

詞語	解釋及例句
靄 ǎi	雲氣。 【例】煙靄｜暮靄。
薄霧 bó wù	淡霧；輕霧。 【例】薄霧如輕紗般飄浮在河面上，傳來一陣划槳的聲音，半天才看見船影兒。

詞語	解釋及例句
彌天大霧 mí tiān dà wù	形容充塞天地間的濃重霧氣。彌：充滿；佈滿。 〔例〕彌天大霧不肯散去，致使飛機遲遲不能起飛。
迷霧 mí wù	濃厚的霧。常用來比喻事情不明朗，情況不清楚。 〔例〕迷霧中，我們小心翼翼地向前走着。｜迷霧重重，一時還難以查明真相。
濃霧 nóng wù	濃厚而稠密的霧。 〔例〕濃霧久久不散，飛機不能起飛，候機的旅客們心急如焚。
山嵐 shān lán	山間雲霧。 〔例〕山嵐瘴氣｜山嵐繚繞，景色分外迷人。
煙霧 yān wù	泛指煙、雲、氣等。 〔例〕煙霧繚繞。
雲霧 yún wù	雲和霧。常指低空的雲。 〔例〕雲霧漫天，整座城市仿佛都消失了。

景物篇 ▶

季節・時間

☁ 春天

詞語	解釋及例句
初春 chū chūn	春季的一段時間，一般指農曆正月。 【例】初春的天氣，出門仍需穿上外套。
春光明媚 chūn guāng míng mèi	春天的景色鮮明可愛。 【例】春光明媚，百花爭豔。
春暖花開 chūn nuǎn huā kāi	春天氣候温和，鮮花盛開。 【例】正逢春暖花開的時節，公園裏姹紫嫣紅，蜂飛蝶舞，遊人如織。
春意盎然 chūn yì àng rán	春天的氣氛濃厚。 【例】花紅柳綠，春意盎然。｜窗外雪花紛飛，室內卻春意盎然。
大地回春 dà dì huí chūn	大地回到春天。 【例】大地回春，萬物復蘇。
滿園春色 mǎn yuán chūn sè	比喻到處都是春天的景象。 【例】春日，遊園的人絡繹不絕；滿園春色，令人流連忘返。
暮春 mù chūn	晚春。 【例】暮春時節，天氣開始熱起來了。
陽春 yáng chūn	泛指春天。 【例】陽春三月，正是出遊的好季節。
早春 zǎo chūn	一般指春季的頭一兩個月。 【例】早春二月，農民在農地裏播種。

☁ 夏天

詞語	解釋及例句
初夏 chū xià	夏季的一段時間，一般指農曆四月。 【例】初夏，這地方經常下雨。
酷暑 kù shǔ	極熱的夏天。 【例】酷暑天氣，出門時別忘了帶遮陽傘。
盛暑 shèng shǔ	大熱天。 【例】盛暑時節，到沙灘游泳的人多起來了。
夏令 xià lìng	夏季。 【例】夏令營｜春行夏令。
炎夏 yán xià	炎熱的夏天。 【例】炎夏時節，人們都熱得在家裏開冷氣。

☁ 秋天

詞語	解釋及例句
初秋 chū qiū	剛到秋天的時節。 【例】初秋時節，我們到元朗大棠觀賞紅葉。
金秋 jīn qiū	金色的秋天，形容秋天是豐收的季節。 【例】金秋十月，漫山遍野的楓葉都紅了。
秋令 qiū lìng	秋天。也指秋天的氣候。 【例】秋令時節，菜市場出現了各種水果。
深秋 shēn qiū	秋天末尾。 【例】深秋時節，大雁南飛。

詞語	解釋及例句
晚秋 wǎn qiū	指秋季的第三個月，即農曆的九月。也泛指秋天的末尾。 〔例〕江南的晚秋，秋風颯颯，秋雨瀟瀟。

☁ 冬天

詞語	解釋及例句
初冬 chū dōng	剛進入冬季的時節。 〔例〕昨夜下了初冬的第一場雪
冬令 dōng lìng	冬季。也指冬季的氣候。 〔例〕冬令時節，老人最好少出門。
寒冬 hán dōng	泛指寒冷的冬天。 〔例〕寒冬臘月，人們都穿起了羽絨服。
隆冬 lóng dōng	冬天最冷的一段時間。 〔例〕數九隆冬，滴水成冰。
嚴冬 yán dōng	泛指嚴寒的冬天。 〔例〕嚴冬時節，冰天雪地，一派北國風光。

☁ 陰暗

詞語	解釋及例句
暗淡 àn dàn	形容昏暗無光，不明亮。常用來表示燈光、天色。也形容顏色不鮮亮。 〔例〕夜色沉沉，燈光暗淡。｜他臉色那麼暗淡，是不是病了啊？

詞語	解釋及例句
灰蒙蒙 huī méng méng	昏暗不明的樣子。強調不明，不如「黑糊糊」程度深。 【例】灰蒙蒙的煙塵，籠罩在城市上空。
昏暗 hūn àn	不明亮；暗。 【例】一盞小油燈照亮着昏暗的房間。
昏沉沉 hūn chén chén	暗淡不明的樣子。 【例】太陽快要落山了，周圍的一切都昏沉沉的。
天昏地暗 tiān hūn dì àn	天地昏暗。 【例】颱風一來，到處飛沙走石，天昏地暗。
陰沉 yīn chén	形容天陰的樣子。比「陰暗」更形象化。 【例】陰沉的天總是不開晴，真叫人着急。
陰冷 yīn lěng	天氣陰沉而寒冷。 【例】灰暗陰冷的寒冬中，難得的晴天令人心情舒暢。
陰霾 yīn mái	天氣陰沉、昏暗。 【例】一陣狂風，吹散了漫天的陰霾。
幽暗 yōu àn	陰暗。 【例】好像有甚麼東西正蜷縮在幽暗的角落。
咫尺不辨 zhǐ chǐ bù biàn	相距很近，仍分辨不清，形容很暗。咫尺：形容距離很近。 【例】這場沙塵暴來勢十分兇猛，在下午三時最厲害，已經達到了咫尺不辨的程度。

晴朗

詞語	解釋及例句
碧空如洗 bì kōng rú xǐ	天空碧藍，像水洗過一樣潔淨，一絲雲也沒有。 〔例〕碧空如洗，萬里無雲。
風和日麗 fēng hé rì lì	風很小，太陽很明亮。形容天氣晴好。 〔例〕今天風和日麗，適合外出郊遊。
晴和 qíng hé	天氣晴朗，氣候溫暖。 〔例〕清晨，天氣晴和溫暖，空氣清爽宜人。
晴空萬里 qíng kōng wàn lǐ	十分晴朗，一點兒雲彩也沒有。 〔例〕晴空萬里，豔陽高照。
萬里無雲 wàn lǐ wú yún	整個天空，一絲雲彩也沒有。 〔例〕萬里無雲，晴空如洗，有一隻蒼鷹在翱翔。
響晴 xiǎng qíng	天氣非常晴朗，沒有一絲雲。 〔例〕七月的天氣變真是幻莫測，剛剛還是響晴薄日，不一會兒就下起大雨。
豔陽高照 yàn yáng gāo zhào	鮮亮明麗的太陽，高高地照耀。形容天晴。 〔例〕豔陽高照，百花盛開。
豔陽天 yàn yáng tiān	明媚的春天。指晴好天氣。 〔例〕這樣的艷陽天，你怎麼不出去走走？
陽光普照 yáng guāng pǔ zhào	天氣好，陽光遍照大地。 〔例〕雨過天晴，陽光普照。

寒冷

詞語	解釋及例句
冰冷 bīng lěng	很冷。 【例】冬天還有人在冰冷的江水裏游泳，真是令人佩服。
冰涼 bīng liáng	形容物體很涼。程度輕於「冰冷」。 【例】躺在被窩裏仍覺得手腳冰涼，他久久不能入睡。
冰天雪地 bīng tiān xuě dì	天空和地面佈滿了冰雪。形容天氣非常寒冷。 【例】北極和南極一年四季都是冰天雪地。
寒風刺骨 hán fēng cì gǔ	寒冷的風吹得骨頭疼。形容風大而寒冷。 【例】北方的冬天，滴水成冰，寒風刺骨。
寒氣逼人 hán qì bī rén	冷氣流襲人。形容非常冷。 【例】夜裏寒氣逼人，凍得人全身顫抖。
冷冰冰 lěng bīng bīng	形容物體很冷。也用來比喻態度冷淡。 【例】冬天，門把手冷冰冰的。
冷颼颼 lěng sōu sōu	形容很冷。 【例】小明站在街口，冬日的寒風吹得他感覺冷颼颼的。
凜冽 lǐn liè	寒冷刺骨。 【例】北風凜冽，大雪紛飛。
凜凜 lǐn lǐn	寒冷。也形容嚴肅、可敬畏的樣子。 【例】冬天來了，寒風凜凜，冰天雪地。

詞語	解釋及例句
天寒地凍 tiān hán dì dòng	天氣寒冷，大地封凍。 〔例〕雖然天寒地凍，但我的心裏卻很溫暖。
透骨奇寒 tòu gǔ qí hán	寒冷穿透了骨頭。形容天氣出奇的寒冷。 〔例〕他是個南方人，從未經歷過這樣透骨奇寒的天氣。
嚴寒 yán hán	極冷。 〔例〕嚴寒的冬天｜嚴寒的北極。

 # 炎熱

詞語	解釋及例句
熾熱 chì rè	極熱。也形容感情熱烈。 〔例〕熾熱的心｜熾熱的感情｜熾熱的爐火把煉鋼工人的臉映得紅通通的。
滾熱 gǔn rè	非常熱。 〔例〕這沙子被太陽曬得滾熱，沒法光腳走。
火熱 huǒ rè	火似的熱。 〔例〕火熱的太陽當空照。
酷熱 kù rè	天氣極熱。 〔例〕酷熱難耐｜酷熱的三伏天。
悶熱 mēn rè	氣壓低，溫度高，使人感到呼吸不暢。 〔例〕這種悶熱的天氣很不適合比賽。
熱不可耐 rè bù kě nài	非常熱，難以忍受。 〔例〕浴池的水溫度太高了，熱不可耐。

詞語	解釋及例句
熱烘烘 rè hōng hōng	形容很熱。 ［例］屋子裏生了火爐，馬上變得熱烘烘的。
熱乎乎 rè hū hū	很暖和。也用來形容人心裏的好感。也作「熱呼呼」。 ［例］這件羽絨服穿在身上熱乎乎的。｜一句話說得他心裏熱乎乎的。
熱辣辣 rè là là	形容熱得像被火燙一樣。 ［例］太陽熱辣辣地烤得人渾身冒汗。
熱騰騰 rè tēng tēng	熱氣蒸騰的樣子。 ［例］熱騰騰的包子剛蒸好，他兩、三口就吃掉了一個。
燙 tàng	溫度高。 ［例］這水太燙嘴了，怎麼喝呀！
炎炎 yán yán	形容夏日陽光強烈。含極熱義。 ［例］炎炎夏日｜赤日炎炎。
灼熱 zhuó rè	像火燒一樣熱。 ［例］舞台上的大燈灼熱地照射，演員還要自如地表演，真叫人佩服。

☁ 涼爽

詞語	解釋及例句
清冷 qīng lěng	冷清而略帶寒意。 ［例］秋夜，清冷的後園只有幾隻蟋蟀在叫。

詞語	解釋及例句
清涼 qīng liáng	涼而使人感覺清爽。 【例】夏天傍晚沖個涼，渾身清涼多了。
清爽 qīng shuǎng	清新涼爽。 【例】早晨的空氣非常清爽。
陰涼 yīn liáng	因陽光照不到而涼爽。 【例】老人們在樓下陰涼處聊天。

 # 溫暖

詞語	解釋及例句
和暖 hé nuǎn	溫暖。 【例】和暖的季節｜春風和暖。
和煦 hé xù	溫暖。 【例】春風和煦｜陽光和煦。
暖烘烘 nuǎn hōng hōng	形容暖和宜人。 【例】冬天打開暖風機，屋子裏頓時變得暖烘烘的。
暖和 nuǎn huo	氣候或環境不冷也不太熱。 【例】清明節過後，天氣漸漸暖和起來。
暖融融 nuǎn róng róng	形容溫暖宜人。 【例】被窩暖融融的，原來是媽媽早給他插通了電熱毯。
暖洋洋 nuǎn yáng yáng	形容溫暖宜人。 【例】初夏的太陽曬得人全身暖洋洋的。

詞語	解釋及例句
温和 wēn hé	氣候冷暖適中。 【例】這裏的氣候一年四季都很温和。

早上

詞語	解釋及例句
晨曦初上 chén xī chū shàng	早晨的陽光剛剛露出。曦：日色；陽光。 【例】晨曦初上，剛剛升起的國旗隨風獵獵飄揚。
旦 dàn	天亮；早晨。 【例】通宵達旦。
東方欲曉 dōng fāng yù xiǎo	東方的天空將要亮了。曉：天剛亮。 【例】東方欲曉的時候，他已經開始一天的工作了。
拂曉 fú xiǎo	天快亮的時候。 【例】我們在拂曉前登上山頂，觀看海上日出。
黎明 lí míng	天快亮或剛亮的時候。 【例】黎明到來之前正是天最黑的時候。
凌晨 líng chén	天快亮的時候。一般指半夜一點到日出之前。凌：逼近。 【例】凌晨時分，街道上行人稀少。
破曉 pò xiǎo	天剛蒙蒙亮。 【例】天色破曉，他們才離開了酒吧。

詞語	解釋及例句
清晨 qīng chén	日出前後的一段時間。 〔例〕清晨，雄雞啼唱，村子裏開始熱鬧起來。
清早 qīng zǎo	清晨。 〔例〕一大清早，媽媽就開始忙碌了。
曙光初露 shǔ guāng chū lòu	清晨的日光剛剛在天空出現。 〔例〕曙光初露，他便行色匆匆地趕路了。
天亮 tiān liàng	夜晚結束，天空放亮的時候。 〔例〕他一直工作到天亮。
旭日東升 xù rì dōng shēng	早晨的太陽從東方升起。 〔例〕旭日東升，霞光萬丈。
早晨 zǎo chén	從天將亮到七八點鐘的一段時間。 〔例〕早晨的空氣十分新鮮。
朝 zhāo	早晨。與「夕」相對。 〔例〕李白詩有「朝辭白帝彩雲間，千里江陵一日還」。

☁ 晚上

詞語	解釋及例句
半夜 bàn yè	夜裏十二點鐘前後。也泛指深夜。也說「夜半」。 〔例〕平生不做虧心事，半夜敲門也不驚。

詞語	解釋及例句
入夜 rù yè	黑夜剛剛降臨。 〔例〕入夜，大街上燈火輝煌，車水馬龍。
三更 sān gēng	舊時把一夜分為五更，三更即半夜。 〔例〕三更半夜，有人敲門。
深夜 shēn yè	指半夜以後的時間。 〔例〕已是深夜，爸爸房間的燈還亮着。
通宵 tōng xiāo	整夜。 〔例〕通宵達旦｜他經常通宵工作。
五更 wǔ gēng	天快要亮的時候。 〔例〕五更時分，村裏遠遠近近的雞啼聲響成一片。
午夜 wǔ yè	夜十二點前後。 〔例〕國家足球隊出線的消息傳來，球迷們狂歡到午夜還不肯散去。
宵 xiāo	從天黑到天亮的一段時間。 〔例〕良宵｜難忘今宵。
夜闌 yè lán	夜深。 〔例〕夜闌人靜，萬籟俱寂。
夜幕降臨 yè mù jiàng lín	夜色像幕布一樣垂下來。形容天色黑了。 〔例〕夜幕降臨，路上的行人越發稀少了。
子夜 zǐ yè	半夜。 〔例〕這是一個特殊的日子，子夜的鐘聲標誌着一個新世紀的到來。

事物篇二

顏色・性質

黑色

詞語	解釋及例句
黛黑 dài hēi	青黑色。 〔例〕眉毛黛黑｜夜空黛黑。
黑乎乎 hēi hū hū	形容顏色發黑。也作「黑糊糊」。 〔例〕屋子裏黑乎乎的，甚麼也看不見。
黑油油 hēi yōu yōu	黑得發亮。多用來形容頭髮的顏色。 〔例〕她有一頭黑油油的長髮。
墨黑 mò hēi	形容非常黑，像墨染的一樣。 〔例〕天色墨黑，看來今天要下雨啊！
漆黑 qī hēi	非常黑。也形容光線很暗。 〔例〕一顆流星剎那間劃過了漆黑的夜空。
漆黑一團 qī hēi yī tuán	形容非常黑暗，沒有一點兒光明。也說 「一團漆黑」。 〔例〕洞內漆黑一團，只能摸索着往前走。
深黛 shēn dài	深青黑色。多指自然景色的青黑色。 〔例〕深黛色的河水｜深黛色的夜空。
深黑 shēn hēi	濃黑。 〔例〕這是一條深黑色的褲子。
烏黑 wū hēi	深黑。多形容人的頭髮和眼睛的顏色。 〔例〕她烏黑的頭髮散落在額角上。
黝黑 yǒu hēi	黑而發亮。常用來形容人的皮膚。 〔例〕他常常到海灘游泳，皮膚被曬得黝黑。

🌳 白色

詞語	解釋及例句
白皚皚 bái ái ái	形容霜雪等潔白。 [例] 長白山峯頂終年是白皚皚的積雪。
白晃晃 bái huǎng huǎng	白而亮。 [例] 白晃晃一道手電光，射在人的臉上，叫人睜不開眼。
白淨 bái jing	白而潔淨。常用來形容人的皮膚。 [例] 新來的老師長相斯文，白淨的臉上戴着一副眼鏡。
白茫茫 bái máng máng	多形容雲、霧、雪、大水等一望無際的白色。 [例] 河水氾濫，水漫了草原，白茫茫一片。
白蒙蒙 bái méng méng	多用來形容煙、霧、蒸汽等白茫茫而模糊不清。 [例] 大雨過後，湖面上白蒙蒙的一片霧氣。
白皙 bái xī	白淨。 [例] 她的皮膚白皙而富有光澤。
斑白 bān bái	形容物體黑白混雜的樣子。多用來形容老年人頭髮的顏色。 [例] 他一過六十歲，頭髮就斑白了。
慘白 cǎn bái	多用來形容人的面容沒有血色或顏色暗淡。程度比「蒼白」深。 [例] 聽到這樣的噩耗，她頓時臉色慘白。

詞語	解釋及例句
蒼白 cāng bái	臉色灰白而發青，缺少血色。 〔例〕他大病初癒，臉色蒼白。
粉白 fěn bái	像擦了粉一樣白淨或像白粉一樣白。 〔例〕小弟弟的臉粉白粉白的，十分招人愛。
花白 huā bái	黑白混雜。義同「斑白」，但一般只用來形容人的鬍鬚或頭髮。 〔例〕爺爺刮掉了花白的鬍子，顯得年輕了不少。
灰白 huī bái	淺灰發暗的白色。多用來形容天空、雲彩、炊煙或病人的臉色。 〔例〕天上飄過幾朵灰白的雲，有氣無力。
皎潔 jiǎo jié	明亮而潔白。 〔例〕漆黑的夜空中高掛着一輪皎潔的明月。
潔白 jié bái	沒有被其他顏色污染的白色；乾乾淨淨的白色。 〔例〕天鵝在湖中悠閒地梳理着潔白的羽毛。
乳白 rǔ bái	像乳汁一樣的白色。 〔例〕這個房間裏的桌椅都是乳白色的。
素白 sù bái	白色。更強調純淨。 〔例〕她穿着一身素白的連衣裙，給人一種冰清玉潔的美感。
雪白 xuě bái	像雪一樣的潔白。 〔例〕他的球鞋刷得雪白，穿在腳上十分耀眼。

詞語	解釋及例句
銀白 yín bái	白中略帶銀光的顏色。 ﹝例﹞冰封的小河在月光下閃着銀白的光。
銀裝素裹 yín zhuāng sù guǒ	白色的衣服及裝飾。多用來形容雪景。 ﹝例﹞大雪過後，整個城市銀裝素裹，十分美麗。
魚肚白 yú dù bái	像魚肚子的顏色，白略青。多用來形容黎明時東方天際的顏色。也說「魚白」。 ﹝例﹞東方呈現魚肚白，天快亮了。

🌳 紅色

詞語	解釋及例句
暗紅 àn hóng	發暗、不鮮豔的紅色。 ﹝例﹞歲月久了，廊柱已變得暗紅。
赤紅 chì hóng	紅色。 ﹝例﹞這一帶的山岩都是赤紅色的，看上去像火焰一樣。
大紅 dà hóng	很紅的顏色。 ﹝例﹞她穿一件大紅的外套，顯得十分大方。
丹 dān	朱紅色。 ﹝例﹞丹陽｜一片丹心。
緋紅 fēi hóng	鮮紅。 ﹝例﹞聽了這句話，她的臉羞得緋紅。

詞語	解釋及例句
紅燦燦 hóng càn càn	紅而光彩奪目。 〔例〕紅燦燦的燈籠讓人感到了節日的氛圍。
紅撲撲 hóng pū pū	形容人紅潤健康的臉色。 〔例〕小明臉蛋紅撲撲的，好像秋天的蘋果。
紅彤彤 hóng tōng tōng	特別紅，滿是紅色的樣子。程度比「紅燦燦」深。 〔例〕晚霞紅彤彤的，將天邊裝點得格外絢麗。
紅豔豔 hóng yàn yàn	紅而鮮豔。不像「紅燦燦」那樣奪目。 〔例〕桃花開得十分燦爛，一大片紅豔豔的，像一個紅色的海洋。
火紅 huǒ hóng	像火焰一樣的紅色。 〔例〕火紅的太陽跳出了海面。
桃紅 táo hóng	像桃花一樣的顏色。 〔例〕天上有一隻桃紅色的風箏。
通紅 tōng hóng	很紅。 〔例〕參加冬泳的人們，渾身都被冷水浸得通紅。
鮮紅 xiān hóng	色紅而鮮豔。 〔例〕鮮紅的太陽，照亮了山川大地。
血紅 xuè hóng	像鮮血似的顏色。 〔例〕賣身契上，有一枚血紅的手指印。
殷紅 yān hóng	深紅或黑紅。 〔例〕殷紅的鮮血流了出來。

詞語	解釋及例句
嫣紅 yān hóng	鮮豔的紅色。 〔例〕花開滿園，姹紫嫣紅。
朱紅 zhū hóng	較為鮮豔的紅色。 〔例〕故宮的大門是朱紅色的。

🌳 藍色

詞語	解釋及例句
暗藍 àn lán	深藍略帶黑。 〔例〕入夜，天空變成暗藍色，星星一顆一顆地出來了。
寶藍 bǎo lán	鮮亮如寶石般的藍色。 〔例〕她戴着一枚寶藍色的鑽戒，美麗大方。
碧藍 bì lán	青藍色。 〔例〕碧藍的港灣裏，停泊着許多輪船。
淡青 dàn qīng	同「淺藍」。 〔例〕淡青色的天空。
靛青 diàn qīng	深藍色。 〔例〕這種鳥腦門上有一塊靛青，十分好看。
藍盈盈 lán yíng yíng	形容藍得透亮。也作「藍瑩瑩」。 〔例〕一場小雨過後，天空變得藍盈盈的。
天藍 tiān lán	像晴朗天空那樣的顏色。 〔例〕天藍色的屋頂。

詞語	解釋及例句
蔚藍 wèi lán	像晴朗天空那樣的顏色。 【例】蔚藍的天空中，有幾朵白雲緩緩飄過。
月白 yuè bái	淺淡發白的藍色。 【例】她這件月白色的上衣穿了好多年了，顏色越來越淡了。
湛藍 zhàn lán	深藍色。 【例】湛藍的湖面上，有幾點帆影漸漸遠去。

黃色

詞語	解釋及例句
蒼黃 cāng huáng	黃而發青；灰暗的黃色。 【例】從篷隙向外一望，蒼黃的天空下，遠近橫着幾個蕭索的廢村。
橙黃 chéng huáng	像橙子一樣黃帶紅的顏色。 【例】橙黃色的壁燈。
鵝黃 é huáng	像小鵝絨毛的淡黃色。 【例】紫藤樹的樹梢上長出鵝黃色的嫩芽。
黃燦燦 huáng càn càn	金黃而鮮豔。 【例】油菜花開了，田野一片黃燦燦的景象。
黃澄澄 huáng dēng dēng	大片的金黃色。 【例】秋天，樹上掛滿了黃澄澄的梨。
焦黃 jiāo huáng	乾枯無光澤的黃色。 【例】你臉色焦黃，是不是肝有病啊？

詞語	解釋及例句
金黃 jīn huáng	金子般的黃色。 〔例〕向日葵開花了，漫山遍野一片金黃。
橘黃 jú huáng	像橘子皮般的黃色，略微發紅。 〔例〕窗子灑出一片橘黃的燈光。
枯黃 kū huáng	乾枯焦黃。 〔例〕風吹動着枯黃的樹葉沙沙作響。
蠟黃 là huáng	像黃蠟一樣的顏色。多用來形容臉色。 〔例〕大病初癒，他臉色蠟黃，看來還需要好好調養。
米黃 mǐ huáng	像黃米、小米的淺黃色。 〔例〕他穿一件米黃色的風衣。
嫩黃 nèn huáng	像草芽初生時又嫩又黃的顏色。 〔例〕黃瓜苗剛出土，露出兩片嫩黃的小芽。

🌱 綠色

詞語	解釋及例句
碧綠 bì lǜ	青綠色。 〔例〕遠遠看去，碧綠的池塘像綠寶石一樣熠熠閃光。
蒼翠 cāng cuì	植物深綠色。 〔例〕松林蒼翠，鬱鬱葱葱。
蒼翠欲滴 cāng cuì yù dī	綠得很濃，彷彿要滴出汁液來。 〔例〕滿園花草，蒼翠欲滴。

詞語	解釋及例句
草綠 cǎo lǜ	像青草一樣綠而略黃的顏色。 〔例〕草綠色的軍裝。
葱蘢 cōng lóng	形容草木青翠茂盛。 〔例〕這一帶土質肥沃，草木葱蘢。
翠綠 cuì lǜ	像翡翠一樣的綠色。 〔例〕她戴着一隻翠綠的手鐲，看上去很昂貴。
黛綠 dài lǜ	深綠色。 〔例〕滿山的松樹，一片黛綠。
綠葱葱 lǜ cōng cōng	形容大片植物碧綠茂盛。 〔例〕那片山嶺上長滿了綠葱葱的樹木。
綠茸茸 lǜ róng róng	形容大片細小柔軟的植物碧綠而稠密。 〔例〕一場春雨，綠茸茸的草芽拱出了土。
綠茵茵 lǜ yīn yīn	形容成片的小草碧綠，像絨毯一樣。 〔例〕一看見綠茵茵的草場，足球運動員就興奮了起來。
綠瑩瑩 lǜ yíng yíng	晶瑩碧綠。 〔例〕陽光下，滿樹剛剛綻出的嫩葉綠瑩瑩的。
綠油油 lǜ yóu yóu	濃綠而潤澤。 〔例〕一場春雨，麥苗變得綠油油的。
墨綠 mò lǜ	有些發黑的綠色。 〔例〕太陽快落山了，松林呈出一種墨綠色。

詞語	解釋及例句
嫩綠 nèn lǜ	鮮綠；淺綠。 〔例〕下雨沒幾天，嫩綠的小芽出土了。
青葱 qīng cōng	濃綠。多形容植物顏色。 〔例〕後園裏那一片青葱的樹林，將小院點綴得更加典雅。
青翠 qīng cuì	鮮綠。 〔例〕遠遠望去，山巒青翠，湖水碧藍，真是個旅遊的好去處。
青綠 qīng lǜ	深綠。 〔例〕肥料多的地方，麥苗都是青綠色的。
青青 qīng qīng	形容大片草色綠，含茂盛義。 〔例〕麥苗兒青青菜花兒黃。

 大

詞語	解釋及例句
粗大 cū dà	（人或物體）又粗又大。 〔例〕嗓音粗大｜粗大的樹木。
廣大 guǎng dà	指面積、空間寬闊；規模、範圍巨大。 〔例〕廣大區域｜廣大羣眾。
宏大 hóng dà	巨大；宏偉。多形容抽象事物。 〔例〕氣量宏大｜宏大的目標。
恢弘 huī hóng	廣大；寬廣。也作「恢宏」。 〔例〕氣度恢弘｜構思恢弘｜佈局恢弘。

詞語	解釋及例句
巨大 jù dà	很大。用於規模或數量等方面。 〔例〕損失巨大｜巨大的水壩｜巨大的輪船。
寬大 kuān dà	物體面積或容積大。也指對人寬容厚道。 〔例〕寬大為懷｜這張牀很寬大。
莫大 mò dà	沒有比這個再大的。 〔例〕莫大的恥辱｜莫大的安慰。
龐大 páng dà	很大。形容形體、組織或數量等。 〔例〕聯合國是一個龐大的國際性組織。
盛大 shèng dà	規模大；聲勢大。多形容人數眾多的集體活動。 〔例〕盛大的遊行｜盛大的招待會。
偉大 wěi dà	高大；卓越，令人景仰欽佩的。 〔例〕偉大的人物｜偉大的事業。

 小

詞語	解釋及例句
渺小 miǎo xiǎo	微小。 〔例〕同宇宙相比，人類的存在是何等渺小。
微乎其微 wēi hū qí wēi	形容非常小。 〔例〕我的努力微乎其微，工作是大家做的。
微弱 wēi ruò	小而弱。 〔例〕聲音微弱｜氣息微弱。

詞語	解釋及例句
微小 wēi xiǎo	極小。 【例】與突飛猛進的自然科技相比，人性自身的進步卻顯得微小多了。
袖珍 xiù zhēn	體積相對比較小的，便於攜帶的。 【例】袖珍地圖｜袖珍詞典。
窄小 zhǎi xiǎo	空間、地方不大。 【例】房間窄小，勉強住下三口人。

 # 堅固

詞語	解釋及例句
固若金湯 gù ruò jīn tāng	形容防守嚴密，無比堅固。金：堅固的城牆。湯：護城河。 【例】我隊陣地固若金湯，對手無從入手，失誤頻頻。
堅不可摧 jiān bù kě cuī	非常堅固；不可摧毀。 【例】新修的大壩堅不可摧，經受了這場百年不遇颱風的考驗。
堅如磐石 jiān rú pán shí	形容非常堅固。多用比喻義。磐石：厚而大的石頭。 【例】他的決心堅如磐石，再怎麼說也不會改變了。
堅實 jiān shí	堅固；結實。常用比喻義。 【例】他紮實的基本功為以後的訓練奠定了堅實的基礎。

詞語	解釋及例句
堅硬 jiān yìng	硬。含堅固義。 【例】這種果皮十分堅硬，嗑起來很費力。
結實 jiē shi	堅固。 【例】身體結實｜這座橋很結實。
牢不可破 láo bù kě pò	牢固，無法使其破裂。 【例】我們的友誼是牢不可破的。
牢固 láo gù	堅固；結實。 【例】鞋釘釘得十分牢固。
牢靠 láo kào	結實，足以憑藉依靠。 【例】這條索道十分牢靠，你不必擔心。
銅牆鐵壁 tóng qiáng tiě bì	銅鐵鑄成的牆壁。比喻無比堅固，不可摧毀。 【例】對手陣地猶如銅牆鐵壁，我們久攻不下，失敗而回。

🌳 精巧

詞語	解釋及例句
鬼斧神工 guǐ fǔ shén gōng	形容物品製作得技藝精巧，彷彿非人工所為。 【例】此處奇景絕倫，讓人不得不歎服大自然的鬼斧神工。
精美 jīng měi	形容物品精緻優美。 【例】這隻錶鏈真是精美。

詞語	解釋及例句
精密 jīng mì	精緻細密。 〔例〕這個儀錶構造十分精密。
精妙 jīng miào	精美巧妙。 〔例〕這件雕塑作品真是精妙無比，不知道是誰創作的。
精細 jīng xì	精密工細。 〔例〕這件西服做工精細。
精緻 jīng zhì	製造得精巧細緻。 〔例〕這份禮物十分精緻，實在感謝你！
玲瓏剔透 líng lóng tī tòu	形容器物精巧細緻，孔穴明晰，結構奇巧。 〔例〕這件石刻獅子滾繡球玲瓏剔透，最讓人不可思議的是，獅子口裏的圓球是怎樣嵌進去的呢？
巧奪天工 qiǎo duó tiān gōng	人工製作精巧，勝過天然的。形容技藝、作品精妙無比。 〔例〕這座玉雕巧奪天工，令人愛不釋手。
巧妙 qiǎo miào	靈活精妙。 〔例〕這種玩具構造巧妙，很受小朋友喜愛。
細緻 xì zhì	細密精緻。 〔例〕這個木匠做活非常細緻。
小巧 xiǎo qiǎo	小而精巧。 〔例〕新款手機規格小巧，很受人們歡迎。

新奇

詞語	解釋及例句
標新立異 biāo xīn lì yì	提出新奇主張，表示與眾不同。 【例】對這種標新立異的做法，我實在不敢苟同。
別出心裁 bié chū xīn cái	表示與眾不同的、新穎的。別：另外。 【例】這種別出心裁的設計，得到了大家的一致好評。
別具匠心 bié jù jiàng xīn	具有與眾不同的巧妙構思。 【例】這幅畫構思巧妙，別具匠心，得到了專家們的首肯。
別具一格 bié jù yī gé	另有一種獨特風格。 【例】這個展覽別具一格，頗值得一看。
別開生面 bié kāi shēng miàn	另外開闢一種創新的風格或面貌。生面：新的面目。 【例】他的這幅畫結合中西方的繪畫技巧，開創了別開生面的藝術風格。
別樹一幟 bié shù yī zhì	另外豎起一面旗幟。形容與眾不同，自成一家。也說「獨樹一幟」。 【例】他的詩別樹一幟，為文壇帶來新氣象。
別有天地 bié yǒu tiān dì	另有一種新的境界。 【例】坪洲的風景別有天地，讓人流連忘返。
獨到之處 dú dào zhī chù	與大家不同的地方。 【例】他的發言雖然簡短，卻有自己的獨到之處，使與會者很受啟發。

詞語	解釋及例句
匠心獨運 jiàng xīn dú yùn	形容巧妙而獨特的構思。 〔例〕這座雕塑真是匠心獨運，令人歎為觀止。
奇妙 qí miào	新奇而精妙。 〔例〕奇妙的變化｜奇妙的海底世界。
奇特 qí tè	奇怪而特別。 〔例〕造型奇特｜裝束奇特。
奇異 qí yì	奇怪；特殊。 〔例〕熱帶雨林裏有許多奇異的昆蟲。
特別 tè bié	與一般的不同。 〔例〕這件衣服樣式很特別。
特殊 tè shū	不同於一般的事物或情況。 〔例〕特殊情況｜特殊待遇｜特殊任務。
希奇 xī qí	稀少而新奇。也作「稀奇」。 〔例〕這種魚非常希奇，是香港獨有的品種。
新穎 xīn yǐng	新奇而別致。 〔例〕這個遊戲很新穎，吸引了很多年輕人。｜這篇文章構思新穎，風格獨特。
與眾不同 yǔ zhòng bù tóng	跟常人不一樣。 〔例〕無論是穿着打扮，還是為人處事，他總是與眾不同。
自成一家 zì chéng yī jiā	有獨創的見解和風格，能自成體系。 〔例〕他的畫，風格清新，如今已自成一家。

雅致

詞語	解釋及例句
典雅 diǎn yǎ	優美不粗俗。 【例】用詞典雅｜造型典雅｜佈置典雅。
古樸 gǔ pǔ	樸素無華而又古色古香。 【例】我們到坪洲遊覽，感受島上古樸的風貌。
古色古香 gǔ sè gǔ xiāng	形容富於古雅的色彩或情趣。 【例】這隻花瓶古色古香，不知道是甚麼年代的。
古拙 gǔ zhuō	古樸少修飾，格調樸素雅致。 【例】他的書法獨具特色，給人一種古拙的美感。
文雅 wén yǎ	有禮貌；不粗俗。 【例】看他那文雅的舉止，一定是個有知識的人。
幽雅 yōu yǎ	幽靜；雅致。多指環境。 【例】這裏環境幽雅怡人，很適合修身養性。

優質

詞語	解釋及例句
高檔 gāo dàng	好的；檔次高的。多用於商品，專指質量好、價格高的。 【例】高檔商品。

詞語	解釋及例句
高級 gāo jí	超過一般的。含好義。 〔例〕高級酒店｜高級廚師｜高級餐廳。
佳 jiā	好的；美的。 〔例〕最佳操行獎｜雖然我只見過他一次，但印象尚佳。
良好 liáng hǎo	好；令人滿意的。 〔例〕不少家長希望子女能就讀這所風氣良好的學校。
美好 měi hǎo	好。多指抽象事物。 〔例〕前景美好｜生活美好。
美妙 měi miào	美好；奇妙。 〔例〕美妙的音樂｜美妙的旋律。
上乘 shàng chéng	本是佛教用語，就是「大乘」。泛指事物質量好或水平高。 〔例〕質量上乘。
上等 shàng děng	等級高的；質量好的。 〔例〕上等香米｜上等羊毛。
上好 shàng hǎo	頂好的；最好的。 〔例〕上好布料｜上好的皮鞋。
上品 shàng pǐn	品級上乘。 〔例〕他出差回來，給爺爺買了一斤上品好茶。

詞語	解釋及例句
上上 shàng shàng	最好。也指比前一時期更往前的。 〔例〕你說的這個辦法實在是個上上策。
優良 yōu liáng	非常好。 〔例〕優良作風｜環境優良。
優秀 yōu xiù	非常好。 〔例〕優秀青年歌手｜優秀作品。
優異 yōu yì	特別好。程度比「優秀」重。 〔例〕成績優異｜表現優異。
優越 yōu yuè	優良的，超過別人的地方。 〔例〕小明家的生活條件非常優越。

 # 流行

詞語	解釋及例句
風行一時 fēng xíng yī shí	形容事物在一段時間盛行。風行：比喻傳佈、流行很廣，像颶風一樣。一時：一個時期。也說「風靡一時」。 〔例〕這位設計家的服裝曾經風行一時。
摩登 mó dēng	指合乎潮流，非常洋氣時髦。 〔例〕她可是個摩登女郎，兩、三天就換一種髮式。
熱 rè	盛行；受多數人歡迎。 〔例〕熱銷｜熱門。

詞語	解釋及例句
入時 rù shí	合乎時尚。 〔例〕她的穿着很入時。
時髦 shí máo	形容人的裝飾衣着或其他事物趕上潮流。程度比「入時」重。 〔例〕她這個人很時髦，只是缺少自己的個性。
時興 shí xīng	一時流行。 〔例〕現在又時興起穿仿古風格的衣裙了。
蔚然成風 wèi rán chéng fēng	形容一件事情逐漸發展、盛行，形成一種風氣。也說「蔚成風氣」。 〔例〕關心社會、勤奮學習，在我校已蔚然成風。

❂ 逼真

詞語	解釋及例句
繪聲繪色 huì shēng huì sè	形容敍述描寫生動逼真。 〔例〕他的表達能力很強，說起有趣的事總是繪聲繪色，十分吸引人。
活靈活現 huó líng huó xiàn	形容描述或模仿的人或事物很生動，很逼真，使人像親眼看到一樣。也說「活龍活現」。 〔例〕根本沒根據的事，他卻說得活靈活現。
活生生 huó shēng shēng	實際生活中的；發生在眼前的。 〔例〕眼前活生生的失敗例子，讓人望而生畏。

詞語	解釋及例句
活像 huó xiàng	極像。 【例】這個孩子太淘氣了，活像一隻猴子。
酷似 kù sì	極像。 【例】他長得酷似一位電影演員。
亂真 luàn zhēn	模仿得非常像，達到真偽難辨的程度。多指古玩、字畫等。 【例】這幅畫雖是贋品，卻足以亂真。
如臨其境 rú lín qí jìng	好像到了那個環境中一樣。 【例】這部電影讓觀眾如臨其境，大家都説看得十分過癮。
神似 shén sì	精神實質上相似；極其相像。 【例】在表演方面，他不僅追求形似，更追求神似。
宛如 wǎn rú	正像；好像。多用於過去時。 【例】一晃十年過去了，分別的情景還宛如昨日。
惟妙惟肖 wéi miào wéi xiào	描寫或模仿得極好、極像。 【例】他模仿起火車開動的聲音真是惟妙惟肖，讓人嘆服。
栩栩如生 xǔ xǔ rú shēng	非常生動，像活的一樣。 【例】齊白石的蝦畫得栩栩如生，堪稱一絕。
儼然 yǎn rán	很像；真像。 【例】看他耀武揚威的樣子，儼然一位驕傲的將軍。

詞語	解釋及例句
猶如 yóu rú	如同；就像。 〔例〕他們的服務非常周到，旅客進了店門猶如進了家門。
躍然紙上 yuè rán zhǐ shàng	形容描寫得非常生動、逼真，好像能從紙面上跳出來一樣。 〔例〕這位作家筆下的人物，個個鮮活生動，躍然紙上。

 # 平凡

詞語	解釋及例句
不足掛齒 bù zú guà chǐ	比喻事情不值得一提。 〔例〕區區小事，不足掛齒。
不足為奇 bù zú wéi qí	不值得奇怪。 〔例〕這種事在我們那裏很常見，不足為奇。
屢見不鮮 lǚ jiàn bù xiān	事物經常見到，也就不覺得新奇。 〔例〕現實生活中葉公好龍式的人屢見不鮮。
平淡無奇 píng dàn wú qí	平平常常，沒有出奇的地方。 〔例〕這種平淡無奇的電影，卻被媒體大加宣傳，真叫人難以理解。
平庸 píng yōng	尋常；一般。略含貶義。 〔例〕才能平庸｜平庸的一生。
普通 pǔ tōng	平常的；一般的。 〔例〕大明星其實也是一個普通人。

詞語	解釋及例句
司空見慣 sī kōng jiàn guàn	經常看到，不足為奇。司空：古代官名。 【例】男士悉心護膚，如今已是司空見慣的事了。
一般 yī bān	普通；平常。 【例】今天的比賽他表現一般。

香

詞語	解釋及例句
芳香 fāng xiāng	氣味好聞。與「臭」相對。多用於花草。 【例】走進花園，滿園芳香，令人陶醉。
芬芳 fēn fāng	芳香。 【例】芬芳的花朵競相開放。
馥郁 fù yù	形容香氣很濃。 【例】桂花雖然細小，卻帶有馥郁的芳香。
清香 qīng xiāng	清爽的香氣。 【例】這道菜以花入饌，吃起來清香可口。
香噴噴 xiāng pēn pēn	香氣撲鼻。多用於食物飲品。 【例】媽媽蒸出來的餃子香噴噴的，小明一連吃了好幾個。
香甜 xiāng tián	又香又甜。 【例】這種水果沙拉香甜爽口，非常受小朋友歡迎。

詞語	解釋及例句
馨香 xīn xiāng	芳香。 〔例〕丁香樹開花了，整個庭院馨香滿溢。

 臭

詞語	解釋及例句
臭不可聞 chòu bù kě wén	臭得沒法聞。也用來形容人的名聲非常不好。 〔例〕工廠把污水直接排放到河裏，河水已經變得臭不可聞。｜在學校裏，他的名聲已經臭不可聞了。
臭烘烘 chòu hōng hōng	形容很臭。 〔例〕太陽一曬，下水道的氣味臭烘烘的，叫人受不了。
臭乎乎 chòu hū hū	形容有些臭。 〔例〕打開瓶蓋，一股臭乎乎的味兒，原來是臭豆腐。
惡臭 è chòu	極為難聞的臭味。 〔例〕由於河水被污染，這附近的空氣中總有一股潮濕的惡臭。
腐臭 fǔ chòu	因腐爛而引起的臭味。 〔例〕法醫頂着腐臭進行屍檢。
酸臭 suān chòu	帶有酸味的臭。 〔例〕這菜醃得太久，已經有一股酸臭味了。

事物篇二

程度・狀態

⊕ 所有

詞語	解釋及例句
都 dōu	總括；完全。 〔例〕全班同學都很喜歡林老師。
皆 jiē	都；都是。 〔例〕皆大歡喜｜漫天皆白。
齊備 qí bèi	準備齊全。 〔例〕東西齊備，只待出發了。
齊全 qí quán	又齊又全；應有盡有。 〔例〕媽媽早把他上學的東西預備齊全了。
全數 quán shù	全部。用於可計數的事物。 〔例〕借款全數歸還。
統統 tǒng tǒng	全部。同「通通」。 〔例〕那些事情統統由你負責。
完備 wán bèi	應該有的全有了。 〔例〕有些地方還不完備，要努力改善。
完美 wán měi	完備美好，無缺點或不足。 〔例〕這件事的結局再完美不過了。
完全 wán quán	齊全。 〔例〕登山的設備十分完全，能否登頂就看我們的實力了。
完整 wán zhěng	應有的各部分沒有損壞或殘缺。 〔例〕這座雕塑保存的相當完整。

詞語	解釋及例句
無所不包 wú suǒ bù bāo	沒有甚麼不被包括。 【例】百科全書也不可能無所不包吧！
無一例外 wú yī lì wài	沒有一個例外的。 【例】英語考試我們班無一例外全都及格了。
一概 yī gài	適用於全體的、全部的，沒有例外。 【例】凡非法所得，一概沒收。
一律 yī lǜ	適用於全體的、全部的，無例外。 【例】無論尊卑貴賤，在法律面前，大家一律平等。
一切 yī qiè	全部。 【例】一切問題都解決了，你放心吧。
應有盡有 yīng yǒu jìn yǒu	該有的全都有。形容很齊備、齊全。 【例】商場裏貨品齊全，應有盡有。| 你已經應有盡有了，可別不滿足。
整個 zhěng gè	全；全部。 【例】整個班級 | 整個社會 | 整個地球。
整體 zhěng tǐ	全體；完整的統一體。 【例】整體規劃。
周全 zhōu quán	周到。 【例】這件事幸虧你想得周全，不然現在就麻煩了。
總 zǒng	全部的；全面的。 【例】總動員 | 總的來説 | 總的情況。

惟一

詞語	解釋及例句
不二法門 bù èr fǎ mén	比喻最好的或獨一無二的方法。法門：佛教指入道的門徑。 【例】勤奮學習是增長知識的不二法門。
獨一無二 dú yī wú èr	形容惟一的，沒有相同或可以相比的。 【例】針灸是中國在世界上獨一無二的一種醫療技術。
蓋世無雙 gài shì wú shuāng	壓倒世界上所有的，獨一無二。也説「舉世無雙」。 【例】這位老先生的微雕技藝蓋世無雙。
絕倫 jué lún	獨一無二；無與倫比。 【例】才智絕倫｜荒謬絕倫。
絕無僅有 jué wú jǐn yǒu	只有一個，再沒有別的。 【例】故宮博物院所珍藏的翠玉白菜，在這個世界上恐是絕無僅有了。
空前絕後 kōng qián jué hòu	以前沒有過，以後也不會再出現。形容超絕古今，獨一無二。 【例】諾貝爾獎獲得者屠呦呦教授等人研製的青蒿素抗瘧藥可以説是空前絕後。
破天荒 pò tiān huāng	比喻事情第一次出現。唐代時荊州每年都送舉人去考進士，卻無一人考中，當時被人稱為天荒。後來劉蜕考中了，稱為破天荒。 【例】我們學校籃球隊破天荒地得了全區第一。

詞語	解釋及例句
史無前例 shǐ wú qián lì	歷史上從未有過的。 【例】這場戰爭規模之大，史無前例。
碩果僅存 shuò guǒ jǐn cún	比喻經過淘汰，留存下的稀少可貴的人或物。碩：大。 【例】在當日賽程結束後，李娜成為網球男女單打賽場上碩果僅存的亞洲選手。
天下無雙 tiān xià wú shuāng	天下再沒有第二個。 【例】這種雜技節目是一種獨創，可以說是天下無雙。
惟我獨尊 wéi wǒ dú zūn	形容極端狂妄自大。原為佛家稱頌釋迦牟尼的話。惟：只有。獨：單獨。尊：尊貴、崇高。 【例】一個人倘若惟我獨尊，就難免落到孤立無援的地步。
無與倫比 wú yǔ lún bǐ	沒有比得上的。多用於頌揚正面事物。 【例】在地質學領域，李教授作出的貢獻是無與倫比的。

⊛ 十分

詞語	解釋及例句
非常 fēi cháng	十分。表示程度重。 【例】非常好｜非常認真｜非常關心。
分外 fèn wài	格外；超過平常。 【例】分外艷麗｜他對此事分外關心。

詞語	解釋及例句
格外 gé wài	超過平常；分外。 【例】格外親切｜格外高興。
更 gèng	越發；愈加。用於比較，比原有的程度還要高。 【例】和太平山相比，大帽山更高。
更加 gèng jiā	越發；愈加。 【例】天色將晚，加上烏雲翻滾，天幕顯得更加深沉了。
很 hěn	表示程度相當重。主要修飾形容詞。 【例】很大｜很小｜很好｜很壞。
極 jí	表示達到最高度；最。也表示最高的、最終的。 【例】極好｜極高｜極點。
絕 jué	極；最。表示程度達到了獨一無二的地步。 【例】絕妙｜絕早｜絕好。
頗 pō	很。主要用來修飾形容詞或動詞。 【例】頗好｜頗感意外｜頗為突出。
甚 shèn	很；超出一般。表示程度重，可修飾形容詞或作動詞的補語。 【例】甚好｜欺人太甚。
太 tài	表示程度極重。常用於感歎句或否定句中。 【例】太好了｜不太自然｜不太合適。

詞語	解釋及例句
特別 tè bié	非常；格外。 【例】這件事特別令人感動。
透 tòu	表示程度極重。 【例】遭透了｜壞透了。
相當 xiāng dāng	表示程度比較重，但不到「很」的程度。 【例】他的英語水平已經相當不錯了。
萬分 wàn fēn	非常；極其。程度比「十分」重。 【例】萬分高興｜萬分焦急。
無比 wú bǐ	沒有能夠與之相比的。表示程度重。多用於好的方面。 【例】無比自豪｜威力無比。
無限 wú xiàn	程度極重，沒有盡頭。 【例】我們有着無限光明的未來。
尤其 yóu qí	表示在原有程度上更進一步。 【例】他喜歡體育，尤其喜歡打乒乓球。
愈 yù	表示程度隨條件發展而加重。同「越」。 【例】愈來愈好。
越 yuè	用「越……越……」的格式表示程度隨條件發展而加重。 【例】越說越激動｜生活越來越好。
至 zhì	極；最。 【例】至少｜至多｜感激之至。

詞語	解釋及例句
最 zuì	居第一位的。 〔例〕最好｜最壞｜最喜歡｜最討厭。

🌳 大約

詞語	解釋及例句
不分伯仲 bù fēn bó zhòng	伯仲：兄弟排行的次序。比喻事物不相上下。 〔例〕兩個隊踢得不分伯仲，最終握手言和。
不相上下 bù xiāng shàng xià	分不出高低、好壞。形容程度十分接近。 〔例〕這兩個人的英語水平不相上下。
差不多 chà bu duō	（程度、時間、距離等方面）相差無幾。 〔例〕他的身高差不多有兩米吧，應該去打籃球啊！
粗略 cū lüè	大略；不精確。 〔例〕粗略統計一下，有一半同學喜歡上網。
大抵 dà dǐ	大概；大多。 〔例〕事情的經過大抵如此。
大概 dà gài	不十分精確或不十分詳盡。 〔例〕他大概分析了一下，認為獲勝的可能性不大。
大同小異 dà tóng xiǎo yì	大體相同，略有差異。 〔例〕既然雙方的意見大同小異，就可以合作了。

詞語	解釋及例句
大致 dà zhì	大概;大約。 〔例〕情況大致就是這樣,看看各位還有沒有要補充的?
估計 gū jì	根據某些情況,對事物的性質、數量、變化等做大概的推斷。 〔例〕他一連三天沒去打球,估計是受傷了。
或許 huò xǔ	也許。 〔例〕他或許在家,或許去游泳池了。
或者 huò zhě	也許;或許。 〔例〕我們週末或者去郊遊,或者去看足球賽,現在還沒拿定主意。
近乎 jìn hu	接近或靠近於。 〔例〕老年癡呆症患者的舉動近乎於兒童。
平分秋色 píng fēn qiū sè	比喻雙方各佔一半,誰也不多,誰也不少。 〔例〕這次晚會,他們的表演平分秋色。
旗鼓相當 qí gǔ xiāng dāng	比喻雙方勢均力敵,不相上下。 〔例〕兩隊旗鼓相當,打了個平手。
勢均力敵 shì jūn lì dí	雙方勢力均等,不分高下。 〔例〕兩支球隊勢均力敵,比賽相當精彩。
似乎 sì hū	彷彿;好像。 〔例〕他似乎見過這個人,卻無論如何也想不起來究竟是在哪兒見過。

詞語	解釋及例句
相似 xiāng sì	互相很像。 〔例〕他們兩個人外貌相似，老師常常分不清。
形似 xíng sì	形式上、外觀上像。 〔例〕那座山峯上有一根挺秀的石柱，形似一位亭亭玉立的少女。
猶如 yóu rú	如同；就像。 〔例〕想起哥哥遭遇車禍的情景，他的心猶如刀絞。
約略 yuē lüè	大概。 〔例〕他約略算了一下，這個學期學生會仍有盈餘。

🌱 適中

詞語	解釋及例句
得體 dé tǐ	言行得當；恰當。 〔例〕你穿這麼鮮豔去參加追悼會，恐怕不得體吧？
合適 hé shì	符合實際情況或客觀要求。 〔例〕這差事派你去最合適，你就辛苦一趟吧。
合宜 hé yí	合適；適當。 〔例〕在這種場合你怎麼能亂講呢？這很不合宜啊！

詞語	解釋及例句
恰當 qià dàng	正合適；很妥當。 〔例〕這件事處理得很恰當，各方面都十分滿意。
恰到好處 qià dào hǎo chù	最適當的程度。 〔例〕這件小禮物送得恰到好處，老奶奶樂得合不攏嘴。
恰好 qià hǎo	正好；剛好。 〔例〕兩個人正爭得不可開交，恰好老師來了，他們便叫老師來評理。
恰如其分 qià rú qí fèn	恰當；正好。 〔例〕老師的批語恰如其分，小明心悦誠服地接受了。
切中 qiè zhòng	擊中；準確説中。 〔例〕切中要害｜切中時弊。
適當 shì dàng	合適；妥當。 〔例〕請你找一個適當的機會和他談一下，問題總會解決的。
適度 shì dù	程度適合。 〔例〕看書時眼睛與書的距離要適度，不然容易近視。
適合 shì hé	符合客觀實際情況。 〔例〕他的性格很適合當教師。
適可而止 shì kě ér zhǐ	（説話做事）到了適當的時候就停止。 〔例〕他已經反省改過了，你就適可而止吧！

詞語	解釋及例句
適量 shì liàng	數量適合，不多不少。 【例】飲酒要適量｜老年人運動要適量。
吻合 wěn hé	完全符合。 【例】這種產品很吻合市場需求。
相宜 xiāng yí	合適；適宜。 【例】蘇東坡詩有「欲把西湖比西子，淡妝濃抹總相宜」。
正好 zhèng hǎo	恰好；剛好。 【例】小明寫完最後一道題的時候，下課鈴聲正好響起。
中肯 zhòng kěn	言論抓住要點，正中要害或恰到好處。 【例】會議上，大家中肯地評論了我的議案。

不及

詞語	解釋及例句
不成比例 bù chéng bǐ lì	數量或大小等方面差得很遠，無法相比。 【例】雙方的隊員人數根本不成比例，比賽也就無法進行。
不如 bù rú	比不上。 【例】論學習方法和學習幹勁，你不如他。
甘拜下風 gān bài xià fēng	表示真心自認不如對方。多用作謙詞。 甘：心甘情願。下風：下面；下方。 【例】在冠軍隊面前，我們甘拜下風。

詞語	解釋及例句
趕不上 gǎn bu shàng	追不上；來不及；遇不着。 〔例〕因為不努力，他的成績總趕不上別人。
望塵莫及 wàng chén mò jí	遠遠望見前面人馬走過時飛揚起來的塵土，卻追不上。比喻遠遠落後別人。常用作謙詞。及：趕上。 〔例〕友校足球隊的水平，我們是望塵莫及的。
無法比擬 wú fǎ bǐ nǐ	雙方差距很大，根本趕不上。 〔例〕無論是紀律還是技術，藍隊與紅隊都是無法比擬的。
相去甚遠 xiāng qù shèn yuǎn	彼此間差距很大。含不如義。 〔例〕然而眼前的事實卻和他美好的理想相去甚遠。
相形見絀 xiāng xíng jiàn chù	與別的人或物比較起來遠遠不如。絀：不足。 〔例〕我雖然學了好幾年英語，但和他比起來還是相形見絀。

🌱 長久

詞語	解釋及例句
百年 bǎi nián	時間長久。也指人的一生、終身。 〔例〕十年樹木，百年樹人。
長河 cháng hé	比喻事物發展的漫長過程。 〔例〕歷史的長河。

詞語	解釋及例句
長年 cháng nián	一年到頭；整年。 〔例〕他樂於助人，長年到社區中心當小義工。
長期 cháng qī	長時期。 〔例〕他那健美的體型是長期堅持鍛煉的結果。
成年累月 chéng nián lěi yuè	形容時間長。也說「經年累月」。 〔例〕爸爸成年累月伏案工作，背都駝了。
持久 chí jiǔ	保持長久。程度不如「恆久」深。 〔例〕學習外語的熱情如果不能持久，就很難有好的效果。
地久天長 dì jiǔ tiān cháng	比喻時間的久遠。也說「天長地久」。 〔例〕友誼地久天長。
地老天荒 dì lǎo tiān huāng	比喻時代的久遠。 〔例〕地老天荒不變心。
亙古 gèn gǔ	亙：延續不斷。從古到今，時間長久。 〔例〕亙古不變｜亙古未聞。
恆久 héng jiǔ	永久；持久。 〔例〕恆久不變。
久遠 jiǔ yuǎn	時間長遠。 〔例〕這把胡琴雖然年代久遠，但上面的老弦卻依然如新。

詞語	解釋及例句
良久 liáng jiǔ	很久。 【例】他沉默良久，終於還是開口了。
漫長 màn cháng	長得沒有盡頭（用於時間、道路等）。 【例】漫長的歲月｜漫長的等待。
漫漫 màn màn	長而無邊的樣子（用於時間、道路等）。 【例】漫漫長夜｜漫漫長路。
窮年累月 qióng nián lěi yuè	多用於過去。同「成年累月」。 【例】窮年累月潛心治學。
萬古長青 wàn gǔ cháng qīng	千秋萬代永遠青翠。常用來形容精神、友誼等永存。也説「萬古長春」。 【例】岳飛精忠報國的精神萬古長青。
永恆 yǒng héng	永遠不變。 【例】永恆的友誼｜永恆的紀念。
永久 yǒng jiǔ	永遠；長久。 【例】這座雕像是對英雄永久性的紀念。
永遠 yǒng yuǎn	時間長久，沒有盡頭。 【例】我們永遠是朋友。
悠長 yōu cháng	時間很長。也用來形容聲音綿延不絕。 【例】悠長的歲月｜悠長的鐘聲。
悠久 yōu jiǔ	年代長久。 【例】文化悠久｜這座建築歷史悠久。
悠悠 yōu yōu	時間長久，強調遙遠。 【例】悠悠歲月｜悠悠時空。

短暫

詞語	解釋及例句
不久 bù jiǔ	相隔不長時間。 【例】事情剛剛過去不久，怎麼能忘記呢？
剎那間 chà nà jiān	瞬間。也説「一剎那」「剎那」。 【例】剎那間，雲消霧散，霞光萬道。
短促 duǎn cù	時間極短。 【例】時間短促，沒來得及與朋友聯繫。
俯仰之間 fǔ yǎng zhī jiān	低頭抬頭的時間。比喻極短的時間。 【例】俯仰之間，小樹苗已經長成了參天大樹。
片刻 piàn kè	一會兒。 【例】請稍候片刻，他馬上就來。
頃刻間 qǐng kè jiān	極短的時間。 【例】頃刻間化為烏有。| 頃刻間，洪流滾滾，沖走一切。
霎時間 shà shí jiān	時間極短。也説「霎時」。 【例】霎時間，暴雨劈頭蓋臉地下了起來。
倏地 shū dì	一下子；時間極短。也表示迅速。 【例】日子倏地過去，我都快小學畢業了。| 聽見響聲，魚兒倏地游走了。
瞬間 shùn jiān	一眨眼的工夫。 【例】天邊的流星瞬間就消失了蹤影。

詞語	解釋及例句
瞬息 shùn xī	一眨眼一呼吸的極短時間。 〔例〕瞬息萬變｜瞬息之間。
曇花一現 tán huā yī xiàn	曇花開放時間短暫，比喻事物一出現很快就消失。 〔例〕這位歌星，剛取得一點成績就目中無人，最後落得個曇花一現的結果。
彈指間 tán zhǐ jiān	用指頭一彈來比喻時間極短。 〔例〕彈指間，二十年過去了。
旋即 xuán jí	不久；很快。 〔例〕這部作品剛剛問世，旋即好評如潮。
一晃 yī huǎng	形容時間過得很快。含不知不覺的意思。 〔例〕一晃三年過去了。
一會兒 yī huìr	指很短的時間。 〔例〕再等一等，他一會兒肯定能來。
一瞬間 yī shùn jiān	轉眼之間。形容時間極短。 〔例〕一瞬間，他就不見蹤影了。
一朝一夕 yī zhāo yī xī	一個早晨或一個晚上。指短時間。 〔例〕學習不是一朝一夕的事，須持之以恆才行。
一轉眼 yī zhuǎn yǎn	形容時間過得很快或時間極短。 〔例〕一轉眼，又是新的一年。
暫時 zàn shí	表示短時間之內。 〔例〕因為斷電，電梯暫時不能使用。

🌳 附近

詞語	解釋及例句
跟前 gēn qián	身邊；附近。 【例】你到我跟前來，我有話説。
近在眼前 jìn zài yǎn qián	形容距離很近。也形容時間迫近。 【例】過了這條馬路，電視台就近在眼前。
近在咫尺 jìn zài zhǐ chǐ	形容距離很近。咫：古代長度單位。 【例】遠在天涯，近在咫尺。
旁邊 páng biān	左右兩邊；靠近的地方。 【例】劇場旁邊停着許多小汽車。
前後 qián hòu	在某一東西的前面和後面。也指大致的時間。 【例】學校的前後都種了樹。｜爸爸打來電話，説他在中秋節前後回國。
四周 sì zhōu	四圍。 【例】四周都黑乎乎的，沒有一絲光亮。
相近 xiāng jìn	距離不遠，互相接近的。 【例】我家與學校相近，只有五分鐘的路。
周圍 zhōu wéi	環繞中心的部分。 【例】院子周圍豎起了柵欄。
左右 zuǒ yòu	指左和右兩方面。也指不相上下、差不多。 【例】大門左右有一對石獅。

🌱 遙遠

詞語	解釋及例句
漫漫 màn màn	長而無邊的樣子。也形容時間長。 〔例〕漫漫長路｜漫漫長夜。
千里迢迢 qiān lǐ tiáo tiáo	形容路程很遠。 〔例〕他千里迢迢從北京來到香港，為的是尋找一份合適的工作。
千山萬水 qiān shān wàn shuǐ	形容路途遙遠而又艱險。 〔例〕千山萬水也隔不斷我們真誠的友誼。
天南地北 tiān nán dì běi	一在天南，一在地北。形容距離很遠。 〔例〕我們雖然身在天南地北，但心卻是連在一起的。
天涯 tiān yá	極遠的地方。 〔例〕天涯海角｜海內存知，天涯若比鄰。
遙遙 yáo yáo	形容相隔距離非常遠。 〔例〕牛郎星和織女星，隔着天河遙遙相對。

🌱 快速

詞語	解釋及例句
飛快 fēi kuài	像飛一樣快。形容非常迅速。也形容刀刃鋒利。 〔例〕速度飛快｜跑得飛快｜這把刀磨得飛快。

詞語	解釋及例句
風馳電掣 fēng chí diàn chè	像颶風和閃電那樣迅疾。 【例】警車風馳電掣般趕往事發現場。
高速 gāo sù	速度很快。 【例】高速公路｜高速運行。
火速 huǒ sù	用最快的速度去做。多用於緊急的事。 【例】消防員接到命令，立即出發，火速趕往災場。
急劇 jí jù	急速而劇烈。 【例】老人病情急劇惡化，醫院正在搶救。
急速 jí sù	非常快。比「迅速」還快。 【例】從醫生急速的腳步聲，就可以判斷出這是個危重病人。
快馬加鞭 kuài mǎ jiā biān	用鞭子抽快馬，使馬跑得更快。比喻快上加快。 【例】快馬加鞭，迎頭趕上。
敏捷 mǐn jié	迅速而靈敏。 【例】身手敏捷｜動作敏捷｜思維敏捷。
神速 shén sù	速度快得驚人。 【例】兵貴神速｜進步神速。
迅雷不及掩耳 xùn léi bù jí yǎn ěr	突然響起雷聲，叫人來不及捂住耳朵。比喻事情來得迅疾，令人不及防備。 【例】警察以迅雷不及掩耳之勢突入重圍，確保了人質的安全。

詞語	解釋及例句
迅速 xùn sù	速度高；行動快。 〔例〕迅速前進 | 迅速發生變化。
一日千里 yī rì qiān lǐ	形容發展速度非常快。 〔例〕現今科技發展一日千里，新事物很快又遭淘汰了。

 # 緩慢

詞語	解釋及例句
遲緩 chí huǎn	緩慢。 〔例〕動作遲緩 | 進度遲緩。
慢騰騰 màn tēng tēng	緩慢的樣子。 〔例〕你這樣慢騰騰的，甚麼時候能做完啊？
慢條斯理 màn tiáo sī lǐ	形容從容不迫的樣子。 〔例〕老教授講課總是慢條斯理的。
慢吞吞 màn tūn tūn	遲緩，不爽快。多形容說話。 〔例〕你有話就直說吧，慢吞吞的到底甚麼意思呀？
慢悠悠 màn yōu yōu	遲緩；動作慢。 〔例〕老太太知道自己的心臟不好，幹活總是慢悠悠的。
冉冉 rǎn rǎn	慢慢地。多形容日、月慢慢升起。 〔例〕中秋節的晚上，一輪滿月冉冉升起。

詞語	解釋及例句
姍姍 shān shān	舊時形容女子舉止緩慢、從容的樣子。引申用來形容緩慢。 【例】姍姍來遲。
徐徐 xú xú	慢慢移動、緩緩變化的樣子。 【例】到點了，列車徐徐駛出站台。

 # 眾多

詞語	解釋及例句
比比皆是 bǐ bǐ jiē shì	到處都是，形容非常多。比比：處處。 【例】失業問題越來越嚴重，現在大學畢業找不到工作的人比比皆是。
不計其數 bù jì qí shù	數目極多，無法計算。 【例】足球是巴西的國球，僅在歐洲踢球的運動員就不計其數。
不可勝數 bù kě shèng shǔ	沒辦法數完，形容非常多。勝：盡。 【例】草原上的羊羣多得像天上的雲，不可勝數。
不勝枚舉 bù shèng méi jǔ	無法一個一個全舉出來，形容數量很多。也說「不可枚舉」。 【例】他樂於助人的事跡不勝枚舉。
不一而足 bù yī ér zú	形容所說的現象或事物很多，不止一種，不能一一列舉。 【例】展覽大廳的展品五花八門，不一而足。

詞語	解釋及例句
川流不息 chuān liú bù xī	行人、車馬等像流水一樣連續不斷。 〔例〕馬路上車水馬龍，川流不息。
堆積如山 duī jī rú shān	堆積得像山一樣。形容很多。 〔例〕問題堆積如山，必須儘快處理。
繁多 fán duō	指種類多而豐富。 〔例〕品種繁多｜花色繁多。
紛紜 fēn yún	繁多而雜亂。 〔例〕書本中對這段歷史的真相眾説紛紜。
俯拾皆是 fǔ shí jiē shì	只要彎下身子去撿，到處都是。形容為數很多而且容易得到。 〔例〕這種絕妙的比喻在他的小説中俯拾皆是。
浩如煙海 hào rú yān hǎi	廣大繁多。形容書籍或資料無法計量，非常豐富。煙海：茫茫大海。 〔例〕讀書應該提倡有選擇地精讀，因為典籍浩如煙海，任何一個人都是讀不完的。
目不暇接 mù bù xiá jiē	可看的東西太多，眼睛看不過來。 〔例〕博覽會上的展品豐富多彩，令人目不暇接。
千頭萬緒 qiān tóu wàn xù	形容事物紛繁，頭緒很多。 〔例〕事情千頭萬緒，必須抓住要點才行。
人才濟濟 rén cái jǐ jǐ	形容有才能的人很多。 〔例〕香港各所大學人才濟濟。

詞語	解釋及例句
人山人海 rén shān rén hǎi	比喻人聚集得非常多。 〔例〕每逢假日，商場和街道都是人山人海。
人聲鼎沸 rén shēng dǐng fèi	人羣嘈雜的聲音像鍋水燒開了一樣。鼎：古代煮東西的器物。 〔例〕球場人聲鼎沸，鑼鼓齊鳴。
莘莘 shēn shēn	形容眾多。 〔例〕杜鵑花盛放，就是莘莘學子應考公開試的時候了。
無數 wú shù	難以計數。形容極多。 〔例〕節日的夜空，有無數煙花綻放。
熙來攘往 xī lái rǎng wǎng	來往的人很多，非常熱鬧的景象。 〔例〕節日這天，街上的人熙來攘往，比平時多出幾倍。
許多 xǔ duō	很多。 〔例〕道路兩旁的樹木，許多都開花了。

🌳 繁密

詞語	解釋及例句
稠密 chóu mì	多而密。 〔例〕香港人口稠密。
緊密 jǐn mì	非常密切，不可分離。 〔例〕緊密聯繫｜緊密結合。

詞語	解釋及例句
林立 lín lì	像樹林一樣密集地豎立。 〔例〕高樓林立。
茂密 mào mì	草木茂盛而繁密。 〔例〕這個郊野公園的樹木十分茂密。
密集 mì jí	數量很多地聚集在一起。 〔例〕人口密集｜遠處的槍聲突然密集起來。
密密麻麻 mì mi má má	多指細小的東西又多又密。 〔例〕一張信紙上密密麻麻地寫滿了字。
濃密 nóng mì	多而密。 〔例〕他有一頭濃密的黑髮。
星羅棋佈 xīng luó qí bù	像天上的星星和棋盤上的棋子那樣分佈。形容多而密集。 〔例〕青藏高原上大大小小的湖泊星羅棋佈。
嚴密 yán mì	事物或事物之間緊密地結合，沒有空隙。也指周全而不疏漏。 〔例〕組織嚴密｜藥瓶封得很嚴密。

明顯

詞語	解釋及例句
顯而易見 xiǎn ér yì jiàn	事情、道理很明顯，容易看得清。 〔例〕老師的意圖顯而易見，就是讓我們精神放鬆，別緊張。

詞語	解釋及例句
顯赫 xiǎn hè	聲勢或名聲大。 【例】地位顯赫｜名聲顯赫。
顯然 xiǎn rán	容易看出；非常明顯。 【例】從老師的反應，可知答案顯然是錯的。
顯眼 xiǎn yǎn	明顯；容易被看到。 【例】她一頭洋紅色的長髮，在人羣中很顯眼。
顯著 xiǎn zhù	指非常明顯。 【例】成效顯著｜進步顯著。
醒目 xǐng mù	明顯突出，引人注意。 【例】這雙鞋的商標十分醒目。
昭然若揭 zhāo rán ruò jiē	形容真相大白，一切都清楚地顯現出來。 昭然：很明顯的樣子。揭：舉。 【例】只要認真分析他這番話，他的目的就昭然若揭了。

連續

詞語	解釋及例句
層出不窮 céng chū bù qióng	接連不斷地出現，沒有窮盡。層：重複。 【例】騙徒手法層出不窮，市民要提高警惕。
承前啟後 chéng qián qǐ hòu	承接以前的，開創今後的。多用於學問、事業方面。 【例】老先生是新舊文化承前啟後的人物。

詞語	解釋及例句
承上啟下 chéng shàng qǐ xià	承接上面的並引起下面的。 〔例〕現在是過渡時期，有承上啟下的作用。
持續 chí xù	延續不斷。 〔例〕持續不斷｜可持續發展。
此起彼落 cǐ qǐ bǐ luò	這裏起來，那裏落下。形容連續不斷。也作「此起彼伏」。 〔例〕雨過天晴，河邊青蛙的叫聲此起彼落。
繼往開來 jì wǎng kāi lái	繼承前人的事業，開闢未來的道路。 〔例〕學者要有繼往開來的抱負，在學術研究的道路上才能不斷進步。
接二連三 jiē èr lián sān	一個接着一個，接連不斷。 〔例〕你們班接二連三做出這種違反紀律的事，究竟是甚麼原因啊？
接續 jiē xù	一個接着一個；繼續。 〔例〕接續前任的工作。
接踵而來 jiē zhǒng ér lái	一個跟着一個地來。踵：腳後跟。 〔例〕老爺爺生日這天，親朋好友從四方八面接踵而來，為他祝賀。
連貫 lián guàn	連接貫通。 〔例〕這一系列動作是連貫的，必須一氣呵成完成。
連接 lián jiē	互相銜接。 〔例〕互相連接｜連接線路。

詞語	解釋及例句
銜接 xián jiē	事物相連接。 〔例〕兩種顏色用一種過渡色銜接着，顯得天衣無縫。
相繼 xiāng jì	一個跟着一個。 〔例〕一場春雨過後，田野上各種野花相繼開放。
魚貫 yú guàn	像游魚一樣一個挨一個地接連着走。 〔例〕魚貫而入｜觀眾們魚貫進入會場。

🌳 上升

詞語	解釋及例句
飛升 fēi shēng	像飛一樣向上升起。 〔例〕直升機又一次飛升起來，尋找失蹤者。
扶搖直上 fú yáo zhí shàng	形容迅速上升。扶搖：急劇而上的大旋風。 〔例〕雄鷹展翅，扶搖直上，給人許多聯想。
回升 huí shēng	下降後又上升。 〔例〕氣溫回升。
騰飛 téng fēi	衝向天空；飛起。比喻迅速發達起來。 〔例〕要為香港騰飛貢獻力量。
漲 zhǎng	（水位、物價）升高。 〔例〕漲潮｜漲水｜漲價｜行情看漲。

🌀 下降

詞語	解釋及例句
掉 diào	落。 〔例〕雨越下越大，如同無數顆豆子從天上掉下來。
跌 diē	（物價）下降。 〔例〕股票跌了。
滾落 gǔn luò	滾動掉下來。 〔例〕那根圓木從山坡上一直滾落下來。
回落 huí luò	（水位、物價等）上漲後又下降。 〔例〕物價回落｜水位開始回落了。
降落 jiàng luò	落下。 〔例〕飛機突遇雷暴，但駕駛員憑着高超的技術，還是使飛機安全降落。
墜落 zhuì luò	很快地落下；掉下。 〔例〕月球上隨處可見隕石墜落造成的坑穴。

責任編輯：王玫

裝幀設計：小草

排版：小草

印務：劉漢舉

學生描寫詞彙應用手冊

第 2 版

出版 / 中華教育

香港北角英皇道 499 號北角工業大廈 1 樓 B

電話：(852) 2137 2338 傳真：(852) 2713 8202

電子郵件：info@chunghwabook.com.hk

網址：http://www.chunghwabook.com.hk

發行 / 香港聯合書刊物流有限公司

香港新界荃灣德士古道 220–248 號荃灣工業中心 16 樓

電話：(852) 2150 2100 傳真：(852) 2407 3062

電子郵件：info@suplogistics.com.hk

印刷 / 美雅印刷製本有限公司

香港觀塘榮業街 6 號海濱工業大廈 4 字樓 A 室

版次 / 2011 年 5 月第 1 版

2024 年 4 月第 2 版第 7 次印刷

© 2011 2024 中華教育

規格 / 32 開（185mm x 130mm）

ISBN / 978–988–8513–51–2